पाथेय

पाथेय

जवाहरलाल कौल

प्रतिभा प्रतिष्ठान, नई दिल्ली

प्रकाशक : प्रतिभा प्रतिष्ठान,
1661 दखनीराय स्ट्रीट, नेताजी सुभाष मार्ग, नई दिल्ली-110002
सर्वाधिकार : सुरक्षित / संस्करण : प्रथम, 2016 / मूल्य : दो सौ पचास रुपए
मुद्रक : आर-टेक ऑफसेट प्रिंटर्स, दिल्ली ISBN 978-93-86001-26-9

PATHEYA *by* Jawaharlal Kaul ₹ 250.00
Published by Pratibha Pratishthan, 1661 Dakhni Rai Street,
Netaji Subhash Marg, New Delhi-110002

भूमिका

जब 'सेवा ज्योति' के प्रकाशन का निर्णय हुआ तो मैं उसमें शामिल था। तब नहीं पता था कि यह लघु पत्रिका कब तक चल पाएगी। हमारे पास न तो पर्याप्त वित्तीय साधन थे और न पत्रिका चलाने के लिए आवश्यक प्रशिक्षित सहयोगी। सेवा ज्योति वैसे ही आरंभ हुई, जैसे दिव्य प्रेम सेवा मिशन, बिना साधनों और बिना किसी आश्वासन के। और आज कई वर्ष पश्चात् वैसे ही चल रही है, जैसे मिशन चल रहा है। तब से कुछ प्रतिवादों को छोड़कर मैं इसके हर अंक के लिए एक लेख लिखता रहा हूँ। लेकिन यह कभी नहीं सोचा था कि इन लेखों की कोई पुस्तक भी बनेगी। मैं ऐसे लोगों में से हूँ, जिन्होंने यह अच्छी आदत नहीं पाली है कि अपने लिखे को प्रयास से सहेजकर रख लूँ। मैंने तो अपने स्वभाव के लिए एक तर्क भी खोज लिया है। इन लेखों के उद्देश्य की पूर्ति फूलों की तरह पाठक रूपी देवता पर चढ़ाने से ही होती है। लेकिन आशीषजी का तर्क था कि पुस्तक के रूप में यह और अधिक पाठकों के लिए उपयोगी होगी। बाजार की भाषा में लोग कहते हैं कि लेखों की तुलना में पुस्तकों की 'शेल्फ लाइफ' अधिक होती है। समय-समय पर विशेष परिस्थितियों में लिखे गए लेख तो तात्कालिक ही होते हैं, कालजयी नहीं। फिर भी कुछ मित्र ऐसे होते हैं, जिनके आग्रह को आप टाल नहीं सकते। मुझे तो इतना ही उपयोग लगता है कि इन लेखों के माध्यम से पिछले दशक की याद ताजा होती है।

हरिद्वार में गंगा की रेती में बनी फूस की झोंपड़ियों में कई-कई दिन-

रातें बिताते-बिताते कई प्रकार के विचार आते रहे हैं। कुछ बस आकर गुजर जाते, लेकिन कुछ बार-बार आते रहते, काफी समय तक टिके रहते और लगता कि कुछ ऐसा अनुभव होता रहा है, जो पहले नहीं हुआ था। और अनेक अधेड़ लोगों की तरह मैं भी यही मानने लगा था कि हमारे युवक कुछ करना ही नहीं चाहते, विशेषकर वे काम, जिनमें जमीन की मिट्टी कपड़ों के साथ ही अंगों से चिपक जाए। जिनको समाज में हेय माना जाता हो, जिनमें शरीर के श्रम की आवश्यकता हो और जिनसे तात्कालिक लाभ दिखाई नहीं देता हो। युवा तो अपने घर की खेती छोड़-छाड़कर नगरों की ओर भाग आते हैं, छोटे नगरों में कला-कौशल से किनारा करके महानगरों में चाकरी करने पहुँचते हैं। लेकिन जब उस दिन पढ़े-लिखे युवकों को कुष्ठ रोगियों के रिसते घावों को धोते, मरहमपट्टी करते देखा तो कुछ समय के लिए लगा कि यह अपवाद है। लेकिन जब एक नौजवान के इस हठयोग से प्रेरित होकर और पढ़े-लिखे युवा आसपास जुटने लगे, ऐसे युवक जो वकील बन सकते थे, प्राध्यापक बन सकते थे या प्रशासनिक सेवा में जा सकते थे, कोई साल-दो साल के लिए अपना सारा समय इसी काम को देने के लिए आया, तो कोई पाँच-दस साल के लिए तो लगा कि यह अपवाद नहीं है। धीरे-धीरे महसूस हुआ कि अपवाद नहीं इसके उल्टा है। युवा काम करना चाहता है, लेकिन शर्त यह है कि काम उसे चुनौतीपूर्ण लगे, ऐसा लगे, जिससे उसके मन-मस्तिष्क को संतोष हो। वह बदल चुका है, वह आज पहले की तुलना में बहुत कुछ जानता है, उसकी जानकारियों का दायरा विस्तृत हो चुका है। उस युवा का भी जो गाँव में रहता है। वह इस विस्तार को संकुचित नहीं करना चाहता और निरुद्देश्य से लगनेवाले कामों में नष्ट नहीं करना चाहता। उसका गाँव भी बदला है, लेकिन जितना बदला है, उससे अधिक बिगड़ा है। खेतों से पहले की तुलना में कुछ अधिक उगता है, लेकिन आज की परिस्थितियों में वह उसे जीवनयापन के न्यूनतम साधन भी नहीं दे सकता है। उसे काम करने की इच्छा है, इसीलिए काम के लिए भागता है, काम से भागने के लिए नहीं भागता। यहाँ इस स्थान पर उसका काम भी वैसा ही

है, जैसा गाँवों में होता था, लेकिन यहाँ उसका उद्देश्य बदल गया है। यहाँ चुनौती है, जो कुछ अच्छा करने का संतोष देती है।

एक बात जो हमारे मन में सदियों से घर कर गई है कि कुष्ठ रोग दैवी अभिशाप है और रोगी को छूने भर से व्यक्ति कुष्ठ का रोगी हो जाता है। छूत का डर इतना गहरा था कि गाँवों में कुष्ठ रोगी को रहने ही नहीं दिया जाता था। मुझे पता नहीं कि उन नौजवानों को ज्ञात था कि कुष्ठ रोग इतनी छूत की बीमारी नहीं है और छूत का डर जितना मनोवैज्ञानिक या अंधविश्वास है, उतना वास्तविक या वैज्ञानिक नहीं। हो सकता है कि पढ़े-लिखे होने के कारण कहीं किसी वैज्ञानिक पत्रिका में पढ़ लिया हो। लेकिन कहीं पढ़ लेने से ही मन से डर नहीं जाता और ऐसे में बिना झिझक घाव धोने और वह भी एक झोंपड़ी में या खुले आकाश के तले, साहस का ही काम था, जो कम ही लोग कर सकते थे। इसके लिए केवल साहस की ही नहीं, अपने काम और इरादे पर विश्वास की भी आवश्यकता थी।

आज कुष्ठ रोग के लिए बेहतर उपचार उपलब्ध हो गया है। इसी आधार पर सरकार को यह दावा करने का साहस हो गया है कि 2020 तक देश से कुष्ठ रोग पूरी तरह समाप्त हो जाएगा। लेकिन समस्या केवल रोग की नहीं, इससे जुड़ी अनेक समस्याओं की भी है। हम कल्पना करें कि आज से बीस साल पहले तक एक कुष्ठ रोगी की जीवन-यात्रा कैसी होती थी। जब किसी गाँव में किसी को यह रोग हो जाता था तो पहले वह औरों से छिपाता था, लेकिन जब देर-सवेर लोगों को पता चल जाता था तो बहुत देर हो चुकी होती थी। फिर घटनाओं का एक सिलसिला आरंभ होता था। समाज उसे बहिष्कृत करता था। घर-परिवार वाले इस डर से उसका बचाव नहीं कर पाते थे कि समाज पूरे परिवार को ही बहिष्कृत कर देगा। उसके पास गाँव छोड़ने के अतिरिक्त कोई विकल्प नहीं होता। परिवार और समाज के लिए वह व्यावहारिक स्तर पर मर जाता है। उसके लिए एक ही मार्ग बचा रहता है, किसी बड़े नगर की भीड़ में खो जाना, जहाँ उसका कोई जान-पहचान का व्यक्ति न हो, जहाँ उसका कोई इतिहास पीछा न करे। लेकिन यह भी

संभव नहीं होता, क्योंकि वह केवल इतिहास ही नहीं है और न ही उसका रोग ही अदृश्य होता है। फिर नगर जितना महान् बनता जाता है, उतना ही उसमें सामाजिकता, परमार्थ की भावना सीमित होती जाती है। सबसे उपयुक्त शरणस्थली तो तीर्थपुरियाँ ही होती है, जहाँ के जीवन में दान लेना-देना सामान्य बात है। लेकिन धार्मिक नगरों में भी कुष्ठ रोगी की पहचान अलग से होती है और उसे किसी किनारे पर ही धकेला जाता है। वे बृहत् समाज के अंग नहीं बन पाते, उन्हें स्वीकार नहीं किया जाता। इसलिए अपने उस कोने में उन्हें अपने जैसे लोग मिलते हैं, वही उनका अपना समाज बन जाता है, जिसकी पहचान कुष्ठ रोग है और वही उसकी जाति होती है। इस समाज में केवल रोगी ही नहीं होते, उनके परिवार, बीवी-बच्चे भी होते हैं, जिनमें अधिकांश तो रोगी होते ही नहीं। यह दलितों में भी दलित समाज होता है। इसलिए केवल उपचार ही पर्याप्त नहीं, उससे आगे जाकर देखना होगा, जहाँ समाज के रोगजनित हिस्से का बहुआयामी विकास आवश्यक है।

उन दिनों स्वयंसेवी संगठनों का चलन जोर पकड़ रहा था। देश में हजारों स्वयंसेवी संगठन काम कर रहे थे, जिन्हें विभिन्न स्रोतों से धन मिलता था। सरकार बड़ा स्रोत थी, लेकिन सरकार की किसी योजना के तहत पैसा पाने की कोशिश से ही एक प्रकार का अपराध-बोध हो जाता है। निचले से ऊँचे पदों पर बैठे नौकरशाहों को रिझाना देवता को रिझाने से कम नहीं होता है। हमारा समाज पता नहीं किस जमाने से घूस देकर काम निकलवाने को प्रगति का वाजिब और स्वाभाविक मार्ग मान चुका है। हम तो देवी-देवताओं को भी थानेदार समझकर ऊँची भेंट चढ़ाने से ही तुष्ट करने और अपना काम निकलवाने की उम्मीद करते हैं। लेकिन इस प्रकार कुछ पैसा आ भी गया तो उसे खर्च करने के भी ऐसे नियम-कायदे पालने होंगे, जिनसे सरकारी नियमों को टालने या बचकर निकलने की तरकीबें निकालने की मजबूरी आ पड़ती है। ऐसा करने के बाद वह नैतिक साहस भी क्षीण हो जाए, जो कुष्ठ रोगियों का काम करने के लिए आवश्यक है तो कोई आश्चर्य नहीं होना चाहिए। तो क्या संस्था के कार्यक्रमों को चलाने के लिए लोग दान देंगे? शंकाएँ तो

सबके मन में थीं, लेकिन इस कशमकश के बीच कुछ असाधारण अनुभव हुए और यह विश्वास हुआ कि लोग दान देते हैं, अगर उन्हें विश्वास हो जाए कि उनका पैसा सही काम में लग रहा है। धर्म के नाम पर सामाजिक कार्यों के नाम से सरकारी योजनाओं को चालू करने के लिए दान का जो रूप हमारे देश में उभरकर आया है, उससे यह धारणा बन गई है कि दान जिस किसी के नाम पर हो, योजना के लिए कम आयोजकों के लिए अधिक होता है। दान का नाम सुनते ही पहली शंका स्वार्थ या गबन की होती है। दान देनेवाले के सामने लेनेवाला व्यक्ति या संस्था संदिग्ध ही होते हैं। लेकिन मेरे सामने कई ऐसे दानियों का चेहरा साकार हो जाता है, जिनके दान से न तो उन्हें कोई प्रचार मिला, न उनकी कोई भौतिक कामना ही पूरी हुई।

एक चेहरा है पुष्ट शारीरिक आकार की गोरी महिला फैमिंडा ब्राउज्मा। वे एक दिन अचानक दिव्य प्रेम मिशन के चंडीघट के परिसर में आ पहुँचीं। वहाँ एक बड़ी सी गोल झोंपड़ी को हम बैठक के रूप में प्रयोग में लाते हैं। बाहर से आए आगंतुकों को अकसर यहीं पर कार्यकर्ता मिलते हैं। फैमिंडा को एक स्थानीय कार्यकर्ता साथ लाया था। उसे वे मिशन का पता पूछते हुए मिली थीं। उसने कहा, वे हॉलैंड की हैं और अभी सहारनपुर से आई हैं। हॉलैंड से सहारनपुर कैसे पहुँचीं? फैमिंडा का कहना था कि मेरा परिवार वहाँ पुस्तकों का व्यापार करता है। हम वहाँ के चर्च के लिए नियमित रूप से दान देते रहते हैं, ताकि गरीबों की मदद की जा सके। इसके लिए अपनी आय का एक भाग मैंने अलग रखा है। एक दिन मैंने महसूस किया कि दान तो मैं देती हूँ, लेकिन क्या यह उन लोगों तक पहुँचता है, जिनको इसकी सबसे अधिक आवश्यकता है? मुझे लगा, इस देश में ऐसे गरीब नहीं हैं, जिन्हें दान की इतनी आवश्यकता है, जितनी दुनिया के और देशों में। मेरे मन में आया कि क्यों न मैं भारत जाकर किसी जनसेवा के काम में अपना पैसा लगाऊँ। लेकिन भारत तो बहुत बड़ा देश है और मेरा उस देश के बारे में अधिक परिचय नहीं है। मैं जाऊँ तो कहाँ जाऊँ? फिर मैंने सोचा कि मेरा काम तो ईश्वर का काम है, जहाँ चाहेगा भेज देगा। मैंने भारत का एक मानचित्र

मँगवाया। एक पेंसिल की नोक को सीधा मानचित्र के ऊपर रखा, जहाँ नोक पड़ी, उसे पढ़ा तो सहारनपुर था। बस पहले दिल्ली, फिर वहाँ से सहारनपुर।

सहारनपुर पहुँचते ही बाजार में अफवाह फैल गई कि कोई बड़ी मेम साहिबा आई हैं, यहाँ पैसा लगाने के लिए। थोड़ी ही देर में चापलूसों ने फैमिंडा को इतना परेशान कर दिया कि वह अब वहाँ से किसी तरह भाग निकलना चाहती थी। सौभाग्य से मिशन को जाननेवाला कोई व्यक्ति उसे वहाँ मिला। उसने कहा कि अगर आप सचमुच कुछ करना चाहती हैं तो आप गंगा के तट पर जाइए। उसने मिशन का पता लिखकर दिया। इस तरह वह हमारे पास आ पहुँचीं। फैमिंडा से कार्यकर्ताओं ने कहा कि हम आपको नहीं बता सकते कि आपको क्या करना चाहिए। हमारा स्कूल परिसर यहाँ से पंद्रह किलोमीटर अंदर जंगल के एक गाँव में है। उसमें हमने एक कमरा मेहमानों के लिए भी रखा है। हमारा सुझाव है कि आप वहाँ आएँ और दो-एक दिन वहाँ रहें, अगर आप शाकाहारी देसी खाना खा पाती हैं। दो दिन के पश्चात् अगर आपको लगता हो कि आप कुछ कर सकती हैं तो बता दें।

दो दिन पश्चात् फैमिंडा ने कहा कि आपके पास केवल एक ही भवन है, जिसे आप दिन में स्कूल के रूप में तो रात को होस्टल के रूप में प्रयोग में लाते हों। मैं यहाँ अलग से एक स्कूल भवन बनवाना चाहती हूँ। फैमिंडा के जाने के पंद्रह दिन के पश्चात् उनके बैंक का एक पत्र आया कि उनकी क्लाइंट आपके लिए एक स्कूल भवन बनवाना चाहती है। उसके लिए कुछ दस्तावेज चाहिए। फैमिंडा उस वर्ष कई बार आई और स्कूल भवन को पूरा करवाया। अब भी कभी-कभी आती हैं, अकसर दीवाली मनाने के लिए।

और भी बहुत सारे लोग हैं, जिन्हें केवल दान देने से ही संतोष होता है, उसका मुआवजा उन्हें और किसी रूप में नहीं चाहिए। वह चाहे अंज्या या अन्या (मेरी पत्नी उसे अन्या ही कहती, क्योंकि उसके अनुसार इसके उच्चारण में संस्कृत का सा स्वाद मिलता है), जो जर्मनी में नौकरी करती है और हर साल पैसा बचाकर भारत आती है और अपनी मरजी से बच्चों के पुराने डेस्क बदलवाती है, कभी पंखे लगवाती तो किसी और कमी को

देखकर पूरा करने का प्रयास करती थी या सूरत नगर के एक कार्यक्रम से द्रवित गुजरात का एक ठेठ किसान, जो पता नहीं किस गाँवों से अनाज से भरे दो ट्रक लेकर आया, ताकि वह भी कुष्ठ रोगियों की सेवा करे। हरिद्वार और दिल्ली से गए कार्यकर्ताओं को समझ में नहीं आता था कि क्या करें, क्योंकि सूरत से हरिद्वार तक ट्रकों को ले जाने का खर्चा अनाज के मूल्य से भी अधिक होता। लेकिन सूरत कार्यकर्ताओं ने रास्ता निकाला, अनाज लिया और कुछ दिन के पश्चात् बाजार में बेच दिया और पैसे उस किसान के नाम से मिशन को भेज दिए। विश्वास हो जाए कि सचमुच कोई अच्छा काम हो रहा है तो अधिकतर लोग उसका हिस्सा बनने को आतुर होते हैं।

गंगा की इस रेती में अपनी झोंपड़ी में सोए या जागे कुछ ऐसी बातें भी जान गया, जिनसे मन उदासी से ही भर जाता था। हरिद्वार के बारे में सोचते हुए अकसर गांधी की बात याद आती है। पिछली सदी के आरंभ में वे हरिद्वार आए थे। यहाँ का हाल देखकर आक्रोश में उन्होंने लिखा कि यहाँ की नगरपालिका और यहाँ के लोगों ने इस नगर को गंदा रखने का जैसे पक्का इरादा ही कर लिया है। जो बात गांधीजी ने लगभग सौ वर्ष पहले लिखी, वही आज भी लिखते, अगर आज फिर हरिद्वार आते। हरिद्वार पावन नगरी है, लेकिन पता नहीं कि पावनता और गंदगी के इस रिश्ते को क्या नाम दें। यह केवल हरिद्वार की बात नहीं, काशी और दूसरी पावन पुरियों की भी तो है।

कुछ लेख यहाँ के बारे में हैं तो कुछ कहीं दिल्ली की राजनीति के गलियारों के बारे में, लेकिन अधिकतर तो पहाड़, नदी, जंगल से ही जुड़े हैं, जो मेरे प्रिय भ्रमणस्थल हैं। इसीलिए 'पाथेय' नाम रखा। जोगी को पथ पर कब क्या मिले, कौन जानता है—चावल का कटोरा, नया लोटा, कोई कंबल या कपड़ा या फिर कुछ फल, कुछ नगद पैसे। भोगने और बाँटने के लिए यही तो है।

अनुक्रम

खंड : एक

मिशन

खंड : दो

क्षम्यताम

खंड : तीन
धर्म और संस्कृति

खंड : चार
संत, योगी, दार्शनिक और बुद्ध

खंड : पाँच

विविधा

खंड : एक

मिशन

संवेदनशील समाज

कोई भी समाज उतना ही सुसंस्कृत होता है, जितना वह अपने कम भाग्यशाली, निर्बल और असहाय सदस्यों के प्रति संवेदनशील हो। यों तो संत-महात्मा, दीन-दुःखी में ही ईश्वर को देखने का उपदेश देते रहे हैं। करुणा ही उनका धर्म रहा है, लेकिन उनका भी कोई दायित्व है, जो पीर-फकीर नहीं, जो संत और योगी नहीं, जो साधारण जन हैं, समाज के ऐसे घटक हैं, जिनसे समाज रूपी भवन बनता है, खड़ा हुआ है, टिका हुआ है। कई वर्ष पहले समाज के कुछ ऐसे ही घटक-सामान्य जन घूमते-घामते हरिद्वार में गंगा की रेती में उतर आए तो फिर वहीं के हो गए। वहाँ पीड़ा और निराशा की एक अलग ही दुनिया बसी थी, वह जिसमें रहनेवालों को अपने घर-आँगन, अपने परिवेश से निष्कासित किया गया था, वे कुष्ठ रोगी थे। इन घुमक्कड़ों ने इसी दुनिया में रहने का फैसला किया, इसे सुधारने, बदलने का संकल्प लेकर। उस दिन यहाँ एक वटवृक्ष के पास ही एक नया पौधा रोपा गया, जो आज एक पेड़ बन गया है, उस असाधारण संकल्प की पताका के रूप में।

चंद युवकों के साथ और भी लोग मिले और शीघ्र ही यह एक सार्थवाह बना। इसके लिए किन-किन रास्तों को नापा, किन खतरों को झेला, पड़ावों से होकर निकला, यह अभी प्रासंगिक नहीं है, लेकिन प्रासंगिक यह है कि हममें से जो लोग इसमें शामिल हुए, उन्हें महसूस हुआ कि हमारा समाज भले ही बहुत उदासीन और संवेदनशील लगता है पर उतना है नहीं। वह

ऊपर से भले ही ठहरा हुआ लगता हो, लेकिन भीतर शक्तिशाली तरंगें बह रही हैं। उसमें उथल-पुथल है, शायद वह आत्म-मंथन के लिए तैयार है। बदरी-केदार की तंग घाटियों में या गंगोत्तरी के शून्य से बहुत नीचे के तापमान में, गुजरात और राजस्थान की तपती रेत में, छत्तीसगढ़-झारखंड के घने जंगलों में, दक्षिण से उत्तर और पूर्व से पश्चिम तक हमें ऐसे अनेक साधारण जन मिलेंगे, जो असाधारण काम कर रहे हैं। हम दिव्य प्रेम सेवा मिशन परिवार के सदस्य उन्हीं हजारों में से एक हैं, उनसे भिन्न नहीं। हमें उनसे ही प्रेरणा मिली है और हमारी हार्दिक इच्छा है कि हम यह संदेश औरों तक पहुँचाएँ, इस भावना को विस्तार दें।

इसीलिए हमने पत्रिका 'सेवा-ज्योति' प्रकाशित करने का निश्चय किया। यह हमारा व्यवसाय नहीं, न ही हम आत्मश्लाघा के लिए इसे अपना प्रसार साहित्य बनाना चाहते हैं। यह दिव्य प्रेम सेवा मिशन परिवार के सदस्यों के बीच बौद्धिक, सांस्कृतिक और आध्यात्मिक संवाद स्थापित करने के उद्देश्य से प्रकाशित की जा रही है। ताकि हम विचारों में एक-दूसरे के निकट आएँ, अनुभवों को बाँटें और अपने उद्देश्यों को पहचानें। यह एक वैज्ञानिक यज्ञ है; कुष्ठ रोग के निवारण का, जिसके लिए उपलब्ध विधियों का प्रयोग होता है, लेकिन इसका दूसरा यज्ञ कहीं अधिक महत्त्वपूर्ण है और वह यह कि कुष्ठ से ग्रस्त एक व्यक्ति के परिवार का क्या होता है? विशेष रूप से उन बच्चों का क्या होता है, जो जन्म से रोगी नहीं होते? नगर, कस्बों में असामाजिक कामों में लगे नवयुवकों या ईसाई पादरियों की शरण में जानेवाले बच्चों में से एक बड़ा प्रतिशत कुष्ठ रोगियों के बच्चों का ही होता है। वे टूटे हुए परिवार और संवेदनशील व्यवस्था के शिकार होते हैं। दिव्य प्रेम सेवा मिशन इन्हीं बच्चों को सुसंस्कृत, शिक्षित और देशभक्त युवकों में परिवर्तित करता है। यह एक विराट् कार्य तो है ही, इसके पीछे आध्यात्मिक शक्ति भी है। इसलिए 'सेवा ज्योति' एक सामाजिक पत्रिका भी होगी। आपका सहयोग मिला तो हम इसे एक ऐसा मंच बनाना चाहते हैं, जिसके माध्यम से विचारों का आदान-प्रदान हो। हम आत्म-चिंतन और

आत्म-मंथन करें। सेवा कुंज हो या वंदेमातरम्, आप जब भी यहाँ आएँ, आपका स्वागत है, लेकिन यह पत्रिका आपको सदैव याद दिलाती रहेगी कि आप एक असाधारण अभियान के संवाहक हैं और इस पथ में एक से दूसरा दीप जलाना हमारा-आपका धर्म है।

□

ऐसे हुआ, इस मिशन का जन्म

याद आती है तो लगता है कि जैसे बात कल की ही हो, जब मैं और मेरी पत्नी हरिद्वार में चंडी देवी पुल से गंगा पार कर रहे थे और हमारी नजर पुल के नीचे गंगा तट पर कुछ झोंपड़ियों में असाधारण सी हलचल पर पड़ी। असाधारण इसलिए लगती थी कि हम यह उम्मीद नहीं करते थे कि आज के पढ़े-लिखे युवा ऐसा काम करते होंगे जैसे ऊपर से दिखाई देता था। लगता था कि कई कुष्ठ रोगी एक झोंपड़ी के सामने बैठे थे और एक-एक करके अपने रिसते घावों की मरहम-पट्टी करवा रहे थे। मरहम-पट्टी करनेवाले विधिवत् डॉक्टर तो नहीं लगते थे और न ही वहाँ कोई नर्स दिखाई देती थी। बस कुछ युवक थे, जो अभी-अभी कॉलेजों या विश्वविद्यालय से निकलकर आए हों, शायद अभी भी छात्र ही हों। अपने देश के युवकों के बारे में यही धारणा बन गई थी कि उन्हें सेवा या सामाजिक कार्यों से कोई सरोकार नहीं रहा है, वे केवल भोगवादी जीवन के लिए पूरी तरह बाजार के हो गए हैं। कुष्ठ रोगियों के घावों को धोने का काम तो उनके लिए असंभव दिखता था। कुष्ठ रोगियों के बारे में जिस प्रकार की धारणाएँ समाज के सुशिक्षित वर्ग में भी हैं, उनको देख नीचे जो कुछ हो रहा था, उसे जाँचे बिना आगे नहीं जा सकते। जिज्ञासा के कारण ही हम नीचे उतरे। पुल के बीचोंबीच एक सीढ़ी नीचे जाती है, इस रास्ते के नीचे जो क्षेत्र है, उसे आधा पुल कहते हैं। कभी गंगा जब उफान में रही हो तो पानी का विस्तार इस रेतीली जमीन पर रहा होगा, लेकिन अब यह खाली भूमि है, जिसका उपयोग कुंभ के समय

सरकार यात्रियों के लिए करती है और शेष समय बनजारों, सपेरों और अब कुष्ठ रोगियों की अस्थायी बस्तियाँ होती थीं।

गंगा के इसी तट पर एक छोटा सा मंदिर था—हनुमानजी का मंदिर। इतना छोटा कि हनुमान की मूर्ति के अतिरिक्त मुश्किल से ही बूढ़े पुजारी के लिए स्थान था। साथ में एक नीम का पेड़ था, जिसे एक पीपल का पेड़ पता नहीं क्यों अपने स्थान से हटाने पर तुला हुआ था। न पीपल हटा और न नीम, दोनों यहाँ की प्रकृति के मूल दावेदार होने का अभिमान जो पाले थे। पता नहीं कब समझौता हो गया और तब से एक-दूसरे से लिपटे पूरे प्रांगण को आच्छादित कर रहे हैं। हनुमानजी के अनन्य पुजारी बूढ़े स्वामीजी भी एक दशक से पुराने पेड़ों की वरिष्ठता की होड़ में शामिल रहे और कोई सही-सही नहीं बता पाता था कि वे कितने बरस के थे, सौ से एक सौ बीस के बीच अनुमान लगाया जाता था। कुछ समय पहले वे ब्रह्मलीन हो चुके हैं। यहीं पर डेढ़ दशक पहले एक युवक आया और मंदिर के सामने ही झुग्गी बनाकर रहने लगा। कुछ दिन पश्चात् स्वामीजी से पूछा कि उन्हें कोई आपत्ति तो नहीं होगी, अगर मैं यहाँ कुष्ठ रोगियों की कुछ सेवा करूँ। उन्हें कुछ आश्चर्य तो लगा होगा कि यह लड़का ऐसा काम करने जा रहा है, जिसे शिष्ट समाज वर्जित मानता है, लेकिन स्वामीजी स्वयं कोई प्रकांड पंडित तो नहीं थे, और न कोई कुलीन शहरी आधुनिक शिक्षित व्यक्ति कि शास्त्र या विज्ञान का आदेश सुनाकर मना करते। अपने ठेठ देहाती लहजे में कह दिया, जो मन में आए करो, पर मुझे तंग न करना। स्वामीजी लहजे में भी गँवई और स्वभाव में भी, न लाग, न लपेट।

युवक चला तो था संन्यासी बनकर हिमालय में तपस्या करने। गंगोत्री में कुछ समय अपने तन और मन को तपाया भी, लेकिन जिन विवेकानंद को मन-ही-मन गुरु माना था, उन्हीं के कारण तपस्या भंग होती गई, मन विचलित होने लगा। सोचा कि अगर विवेकानंद अपनी मुक्ति के लिए तपस्या में लीन हो जाते तो भले ही महान् योगी बन जाते, लेकिन क्या विवेकानंद हो सकते थे। तो चल पड़े, उसी परिव्राजक की राह पर वापस समाज की

ओर। समाज में वापस तो आए, लेकिन समाज का क्या काम करें ? यह प्रश्न उन्हें अधिक दिनों तक परेशान नहीं कर पाया, क्योंकि यहाँ हरिद्वार में उन्हें चंडी पुल के नीचे कुष्ठ रोगियों की झोंपड़ियाँ दिखाई दीं। पहली बार जब वास्तविक कुष्ठ रोगी से मुलाकात हुई होगी तो निश्चित रूप से सिहर गए होंगे आशीष गौतम। गले हुए हाथ-पाँव, रिसते घाव, जिनका इलाज नहीं और विकृत अंग। सुबह बस्ती से भीख का कटोरा लेकर जब चल पड़ते थे तो उनके बीवी-बच्चे भी उनके साथ हो लेते। आशीषजी नहीं जानते थे कि चंद कुष्ठ रोगियों की मरहम-पट्टी करने भर से वे कौन सा बदलाव लाएँगे, शायद नगण्य, लेकिन यह एहसास हो गया होगा कि असाधारण न सही, यह भी एक तपस्या ही है, जो समाज में रहकर हो सकती है। इसके लिए संसार या समाज से विरक्ति की आवश्यकता नहीं। उनका मन बन गया कि उनकी मंजिल का यह महत्त्वपूर्ण पड़ाव होगा।

खोजते-खोजते आशीषजी के मित्र और प्रशंसक हरिद्वार आ पहुँचे और यहीं रह गए, उनके साथ कुष्ठ रोगियों की सेवा करने और उनके बच्चों को पढ़ाने लगे। तभी पूर्ण कुंभ आया, कुंभ यानी जन सैलाब, जब पग धरने की जगह नहीं बचती है, इस तट पर। आसपास की बस्तियों को हटाया जाने लगा, ताकि कुंभ क्षेत्र को खाली कराया जाए। झुग्गियाँ तोड़ी जाने लगीं और आशीषजी के आशियाने पर भी हथौड़ा और बुलडोजर का खतरा मँडराने लगा। आशीषजी ने मित्रों की सलाह नहीं मानी कि यहाँ से हटकर कहीं और चला जाए। 'मैं, यहीं रहूँगा और अगर तोड़नेवाले आ जाएँ तो झुग्गियाँ तो तोड़ेंगे ही, मैं रोक तो नहीं सकता, लेकिन कहीं जगह नहीं मिली तो इसी पुल के विशाल खंभों पर बनी थोड़ी सी समतल जगह पर ही रात बिताया करूँगा', लेकिन वह दिन आने की नौबत नहीं आई। इस सेवा यज्ञ की सुगंध इस तट से दूर तक जा चुकी थी। किसी ने तत्कालीन जिलाधीश से कहा कि आप स्वयं क्यों नहीं देखतीं कि उन झुग्गियों में आखिर हो क्या रहा है। जिलाधीश तब एक महिला थीं। कुछ-कुछ आशीषजी के बारे में उन्होंने भी सुना था। वे स्वयं निरीक्षण के लिए आईं और कुछ देर वहीं कुष्ठ रोगियों

और उनके बच्चों के साथ आशीषजी से बात की। वापस गई तो आदेश दिया कि इस मंदिर के सामनेवाली झुग्गियों को न तोड़ा जाए। एक टोकरा फल और मिठाई भी भिजवाई। यही 'दिव्य प्रेम सेवा मिशन' के जन्म की कथा है।

कुष्ठ रोगियों से साक्षात्कार से आशीषजी को दो बातों का एहसास हुआ। कुष्ठ रोगियों का जीवन नारकीय है और उसमें कुछ ठंडक लाना अपने आपमें बड़ी तपस्या है, लेकिन उन बच्चों को अंधकार के गर्त में जाने से बचाना उससे भी महत्त्वपूर्ण कार्य है, जो कुष्ठ रोगी नहीं है; लेकिन रोगियों के साथ भीख माँगने के लिए अभिशप्त हैं। यहाँ से उनका रास्ता अपराध, तस्करी और माफिया गिरोहों के चंगुल में जाता है। जो बीच रास्ते पर रुक जाते हैं, वे ईसाई धर्मप्रचारकों की शरण में जाते हैं। आशीष गौतम के मन में आया कि जो समाज इन निरपराध बच्चों को अपनाने को तैयार नहीं, उसे किसी को दोष देने का क्या अधिकार है कि वे धर्म परिवर्तन कराते हैं। जो तुम्हारा नहीं, वह कहीं जाए, तुम्हें क्या? इसी से यह संकल्प जागा कि इन बच्चों की शिक्षा और पुनर्वास हमारी साधना का दूसरा आयाम होगा।

एक बात, जिसने आशीष और उनके साथियों को काफी संबल दिया, वह थी हमारे युवकों की सामाजिक कामों में रुचि। जिस संख्या में जगह-जगह से युवा इस मिशन में शामिल होने को आ रहे थे, उससे यही बात सिद्ध होती थी कि युवा को उपदेश की आवश्यकता नहीं, उसे सपना चाहिए, जिसे पूरा करने के लिए वह सामने आएगा। दिशाहीनता युवकों का रोग नहीं, समाज का है, जो साफ लक्ष्य नहीं दे पाता उन्हें। आज जब पंद्रह वर्ष बीत गए बहुत कुछ बदल गया है। चंद झोंपड़ियाँ कार्यकर्ताओं की एक छोटी सी बस्ती बन गई है। कुछ पक्के भवन भी बने हैं, एक विद्यालय और एक चिकित्सालय भी चल रहा है। कुछ हस्तकलाओं का काम भी हो रहा है। सबसे बड़ी बात मिशन का दूसरा परिसर चीला अभयारण्य के बीच गंगा भोगपुर तल्ला में वंदेमातरम् कुंज नाम से विकसित हुआ है, जहाँ एक आवासीय विद्यालय के साथ एक आयुर्वेदिक चिकित्सालय भी है। देश के कोने-कोने से कुष्ठ रोगियों के स्वस्थ बच्चे शिक्षा पाने यहाँ आते हैं। वंदेमातरम् कुंज सेवा का

प्रतीक बन गया है और देश के विभिन्न क्षेत्रों में हो रहे सेवा कार्यों में लगे सेवाकर्मियों का संगम बनता जा रहा है। इतना सब होने पर भी यह आज भी एक आंदोलन ही है, जो कुष्ठ रोग से बढ़कर समाज के विकारों के उपचार की एक अनंत साधना है, जिसका हर दिन उसका पहला ही दिन है।

जब कोई जिज्ञासु पूछता है कि तुम्हारे इस काम में हम क्या कर सकते हैं तो हम अकसर कहते हैं कि पहले आकर देख लो। कुछ समय साथ बिताकर महसूस तो कर लो। तुम क्या कर सकोगे, यह बताने की आवश्यकता ही नहीं पड़ेगी। आवाज तुम्हारे भीतर से ही आएगी। यह मिशन ऐसे ही चलता है।

□

सेवा का फल, सेवा ही है

गोस्वामी तुलसीदास ने लिखा है कि उन्होंने रघुनाथजी की गाथा 'स्वान्तः सुखाय' लिखी है, यानी उन्होंने रामचरितमानस अपने सुख के लिए ही लिखा। राम के चरित का गुणगान करने से उनके मन को सुख मिलता था, बस और कोई उद्देश्य नहीं था उनका। भले ही तुलसी ने अपने सुख के लिए लिखा हो, हम जानते हैं कि उनका लिखा करोड़ों के मन को शांति देता रहा है। तुलसी का सुख, करोड़ों का सुख बन गया। तुलसी यह बात जानते थे और वे कह सकते थे कि मैंने यह पुस्तक समाज कल्याण के लिए लिखी है। यह कोई असत्य वचन नहीं होता, लेकिन इसमें एक प्रकार का बड़प्पन दिखाई देता। बड़ा दिखने की इच्छा से ही कहीं-न-कहीं इस बात का अहंकार भी आ सकता है कि मैं दूसरों का भला करनेवाला हूँ, इसलिए दूसरों से अलग हूँ। सेवा और त्याग का अहंकार भी मनुष्य की भावनाओं को प्रभावित करने में धन-दौलत के अहंकार से कम नहीं होता। जीवन में हमें बहुत से महात्मा और संन्यासी मिलते हैं, जिन्होंने घर-बार छोड़ दिया है और जो भिक्षा पर ही जीवनयापन करते हैं, लेकिन सबकुछ त्यागकर भी वे न तो क्रोध को त्याग पाते हैं और न अहंकार को। त्याग का यह दंभ, उस त्याग और तपस्या को ही छोटा कर देता है।

शायद इसीलिए तुलसी ने कहा है कि भाई! मैंने तो अपने सुख के लिए ही लिखा, किसी के लिए नहीं। किसी के लिए लिखने का मतलब होता, उस पर एहसान करना। एहसान प्रतिकार की माँग करता है, यानी जिसके लिए

हम कुछ करते हैं, उससे बदले में कुछ-न-कुछ पाने की उम्मीद करते हैं, किसी मुआवजे की आशा करते हैं, चाहे वह आशा सम्मान या शाबाशी की ही क्यों न हो। सच्ची सेवा तो वही है, जो किसी मुआवजे की उम्मीद में न की जाए। फिर प्रश्न उठता है कि स्वान्तः सुखाय काम करने से निस्स्वार्थ का लक्ष्य कैसे प्राप्त हो सकता है ? स्वार्थ शब्द बहुत लचीला है। अगर हम कोई काम केवल अपने या अपने परिवार के लिए करें, तो इसे स्वार्थ ही कहेंगे। यह दरअसल स्वार्थ सापेक्ष भावना है। सवाल केवल यह है कि हम अपने 'स्व' को कितना व्यापक बना सकते हैं। अगर हमारे स्व में सारा देश या समाज आ जाता है, तो यही परमार्थ हो जाएगा। हमें अगर हमारे समाज के सुख से सुख मिलता है, तो स्वान्तः सुखाय ही समाज सुखाय या राष्ट्र हिताय होगा, लेकिन इसमें वह दंभ नहीं होगा, जो अकसर हमें समाजसेवियों में मिलता है।

वास्तव में सेवा एक नैसर्गिक भावना है। हम रास्ते में किसी को गिरते देखते हैं, तो हम उसे उठाने के लिए लपक पड़ते हैं। उस समय हम कुछ भी नहीं सोचते। हमें यह मालूम नहीं होता कि वह गिरा हुआ व्यक्ति हमारी जान-पहचान का है कि नहीं और न ही हम यह जानते हैं कि हम इससे कभी दुबारा मिल भी पाएँगे या नहीं। हम यह भी नहीं जानते कि वह किस जाति का है, उसकी आर्थिक स्थिति कैसी है। फिर भी हम बिना हिचक उसे उठाते हैं और सहायता करते हैं। ऐसा इसलिए होता है कि उस व्यक्ति को गिरता देखकर हमें दुःख होता है और उसे उठाते हुए हम महसूस करते हैं कि यह सुख हमारा अपना है। यह हमारी नैसर्गिक भावना है, हमारा स्वभाव है। इसी स्वभाव के विस्तार को सेवा कहते हैं। सेवा अपने आपमें ही फल है। इससे और किसी फल की कामना सेवा की गरिमा को नष्ट करती है। हमने जब दिव्य प्रेम सेवा मिशन का व्रत लिया है तो सेवा को हम किसी पर उपकार मानकर न करें। यह प्रेम की तरह ही सुख देनेवाला कर्म है। इसलिए सेवा और प्रेम दोनों दिव्य ही होते हैं।

□

उदासीन समाज होगा तो सरकार भी उदासीन ही होगी

जब हम कुष्ठ रोग की बात करते हैं तो अनायास ही रिसते घावों, गलते अंगों, विकृत होते चेहरे, अपंग होती काया, दुःख-दर्द, पीड़ा और विपन्नता की ही तसवीरें आँखों के सामने नाचने लगती हैं। यह स्वाभाविक भी है। जो हम देखते हैं, जिससे हमारा साक्षात्कार होता है, वही बिंब हमारे सामने आते हैं। कुष्ठ रोग की बात करते समय हम उन ओषधियों के बारे में भी सोचते हैं, जो रोग निवारण के लिए आवश्यक हैं। हमें इस बात से कुछ संतोष होता है कि अब मल्टी ड्रग ट्रीटमेंट (बहु ओषधि चिकित्सा) के कारण कुष्ठ के रोगाणुओं को पूरी तरह नष्ट किया जा सकता है। हमें कुछ संतोष होता है, इससे कि ये ओषधियाँ सरकारी चिकित्सालयों में मुफ्त मिलती हैं। इससे ऐसा लगता है कि कुष्ठ रोग एक-दो सालों में तो नहीं, एक-दो दशकों में हमारे देश से समाप्त हो जाएगा। कुष्ठ रोगियों के ये दारुण दृश्य इतिहास का विषय रहेंगे, लेकिन क्या यह सच है? क्या हमने समस्या को पहचान कर उसे जड़ से उखाड़ने का उपाय निकाल लिया है?

कुष्ठ रोग को निष्क्रिय बनाने की वैज्ञानिक विधि निकल आई है। सामान्यतः यह बिना मूल्य के उपलब्ध भी है, लेकिन प्रश्न यह है कि उपलब्ध होने पर भी यह सबको प्राप्त होती है? होती तो फिर नए कुष्ठ रोगी इतनी बड़ी संख्या में कैसे पैदा होते? हमें जान लेना चाहिए कि अधिकतर रोगियों को रोग निवारक ओषधियाँ तब मिलती हैं, जब बहुत देर हो चुकी होती है।

तब तक मांस गलने लगता है, घाव असाध्य बन चुका होता है और अंग सुन्न पड़ गए होते हैं। अंगों में महसूस करने की क्षमता कम होने के कारण वे कभी जल जाते हैं और कभी चोट लगने के कारण उनमें घाव पड़ते हैं। यह जानकर बहुतों को आश्चर्य होगा कि जिन कुष्ठ रोगियों को हम प्राय: भीख माँगते देखते हैं, उनमें अधिकतर में कुष्ठ के रोगाणु समाप्त हो चुके होते हैं, यानी वे कुष्ठ रोग से मुक्त हो चुके होते हैं। फिर भी उनके घाव रिसते हैं, अंग सुन्न पड़े होते हैं। यह रोगोपचार के बाद की स्थिति होती है। इनका कष्ट उनके घावों की लंबे समय तक सेवा करने से ही कम हो सकता है, तब शायद उनमें से कुछ की काया उपचार को स्वीकार करे और धीरे-धीरे अपनी स्वाभाविक क्षमता प्राप्त कर सके, लेकिन इस लंबी अवधि के दौरान वे क्या करें, कहाँ से कमाएँ-खाएँ! भीख माँगना उनकी नियति बन जाता है। इसलिए समस्या पुनर्वास की है। ऐसा पुनर्वास, जिसमें घर, रोजी-रोटी और उपचार सभी शामिल हों। क्या ऐसी व्यवस्था हमारे देश में सरकारी स्तर पर है या व्यापक पैमाने पर सामाजिक स्तर पर है?

समस्या का एक पहलू और भी भयानक है। कभी कुष्ठ रोग को छूत की बीमारी माना जाता था। हमारे देश से कहीं अधिक अपमाननीय व्यवहार सभ्यता के अलमबरदार पश्चिमी समाज में होता था। वहाँ कुष्ठ रोगियों के गले में घंटी बाँधी जाती थी, ताकि आवाज सुनकर दूर से रास्ता बदल दिया जाए, लेकिन जिसे कुष्ठ रोग कहा जाता है, वह छूत की बीमारी नहीं। इसलिए कुष्ठ रोगी परिवार में पैदा होनेवाले बच्चे भी कुष्ठ रोगी हों, यह कदापि आवश्यक नहीं। प्राय: वे स्वस्थ ही होते हैं। उनका क्या होता होगा? कल्पना करें, जब माँ-बाप, घर-परिवेश से बहिष्कृत दूर-दराज नगरों में भीख माँग रहे हों तो बेटे क्या करेंगे? पहले वे भी भीख माँगना सीख लेंगे। फिर अधिक कमाई के धंधों में चले जाएँगे, चरस और दूसरी नशीली वस्तुओं के 'वाहक' बन जाएँगे और अगर मौका लगा तो तस्करों और आतंकवादियों की पकड़ में आ जाएँगे। इनमें से कुछ का भाग्य उन्हें ईसाई मिशनरियों के पास पहुँचा देता है। कोई अचरज की बात नहीं होगी, अगर आज के बहुत से देसी ईसाई

प्रचारक पहले कुष्ठ रोगियों की संतान रहे हों।

ये बच्चे कुष्ठ रोगी नहीं, फिर भी नष्ट होने के लिए अभिशप्त हैं। वे अनाथ हैं, क्योंकि उनके माँ-बाप अशक्त और असमर्थ हैं और समाज उन्हें त्याज्य मान रहा है। हम कुष्ठ रोग निवारण का कोई भी कार्यक्रम चलाएँ, कोई अभियान आरंभ करें, रोगियों के और उनके सार्थक पुनर्वास के बिना उसका कोई अर्थ नहीं रहेगा। इसलिए समस्या ऐसे पुनर्वास की है, जिसमें घर हो, जीवनयापन के लिए साधन हों और बच्चों के लिए शिक्षण और प्रशिक्षण की व्यवस्था हो। यह स्पष्ट है कि यह आसान काम नहीं। सरकार को इस बात के लिए शायद तैयार किया जा सकता है कि वह ऐसे अभियान के लिए आवश्यक सुविधाएँ उपलब्ध कराए, क्योंकि हमारी लोकतांत्रिक व्यवस्था, हमारा संविधान कमजोर और दलित के प्रति विशेष दायित्व की माँग करते हैं जैसा कि आशीषजी प्राय: कहते हैं कि कुष्ठ रोगियों के बच्चे पिछड़ेपन की सीढ़ी के सबसे निचले पायदान पर बैठे हैं। सरकार जो भी हो, जिस भी दल की हो, यह तो सैद्धांतिक रूप से मानती ही है कि इन वर्गों के प्रति उसका विशेष दायित्व है, समस्या व्यवहार की है। व्यावहारिक स्तर पर सरकारी कार्यक्रम बिखर जाते हैं। इसके कई कारण हो सकते हैं, लेकिन प्रमुख कारण है, सामाजिक उदासीनता। समाज उदासीन है तो सरकार भी उदासीन होगी और जो कुछ करेगी, वह बस रस्म पूरा करने के लिए ही होगा। सच तो यह है कि यह मूलत: सामाजिक दायित्व ही है, जिसमें सरकार के सहयोग की आशा है। समाज में कुष्ठ रोगियों के प्रति जो संवेदनहीनता का व्यवहार किया है, समाज ने ही उनके बच्चों को त्याज्य माना है, तो इस पाप का प्रायश्चित्त करने का धर्म भी समाज का ही है।

कभी-कभी निजी बातचीत में और प्राय: संचार माध्यमों में हम ईसाई मिशन द्वारा लोगों को धर्म परिवर्तन के लिए प्रेरित करने की आलोचना सुनते-पढ़ते रहते हैं। धर्म परिवर्तन होना चाहिए या नहीं, यह बहस हमारी नहीं है, लेकिन एक प्रश्न का उत्तर तो हमें देना ही होगा। कि एक अछूत, अनाथ और बेसहारा बच्चे को शरण देने, उसे शिक्षा देने, उसका उपचार करने के बाद

उसे ईसाई धर्म में प्रवेश दिलाने से हम आहत हैं तो हमें कुपित होने का क्या अधिकार? हम तो उस बच्चे के लिए कुछ भी नहीं करना चाहते। अगर कुपित होना है तो अपने ऊपर होना चाहिए, चिंता करनी है तो अपनी सामाजिक उदासीनता पर करनी चाहिए। हमें किसी और से सीखने की आवश्यकता नहीं। अपने इतिहास और परंपरा का अध्ययन करें तो हमें मालूम होगा, जब-जब समाज जागरूक रहा, सत्ता भी उसी का अनुसरण करती रही। क्षुद्र या आत्म केंद्रित समाज की अवहेलना करना सबके लिए आसान होता है।

कुष्ठ रोग अगर आज तक हमारे देश का कलंक बना हुआ है तो केवल इसलिए कि हमारे संकल्प के बिना प्रशासन भी इससे नहीं लड़ सकता। पहल हमें ही करनी होगी।

□

खंड : दो

क्षम्यताम

हमने तुम्हें बेच दिया गंगा माँ

क्या गंगा को अलविदा कहने का समय आ गया है ? गंगा ने अपने जन्मकाल से जो कुछ नहीं किया था, अब कर रही है। बाढ़ तो तब भी आती थी, पानी तब भी बस्तियों में चला आता था। गाँवों के कुछ घरों को पानी के कारण क्षति भी पहुँचती थी। बहुत सारी संपत्ति नष्ट होती थी, पशु बह जाते थे, लेकिन हमें तो याद नहीं कि गंगा ने पूरे-के-पूरे नगर को जल समाधि दी हो। इतिहास पुराण में ऐसे वृत्तांत तो कहीं-कहीं होंगे, लेकिन उनका संबंध पतित पावनी गंगा से शायद ही हो। कृष्ण की द्वारिका के बारे में कहा गया है कि वह द्वापर के अंत पर जलमग्न हो गई थी, लेकिन उसे समुद्र लील गया था। इस बार तो स्वयं गंगा ने टिहरी (जो गंगा-भागीरथी और भिलंगना के मिलन से ही बनी थी) को पानी के अंदर समाधि दी, सदा-सदा के लिए, जैसे माँ गंगा ने अपने जनमे बालक को वापस अपने गर्भ में समा लिया हो। कोई माँ अपने बच्चे को गला घोंटने या पानी में डुबोने के लिए तभी तैयार होगी, जब वह विवश हो। गंगा भी अब मजबूर है, बेबस है। कुछ भी करवा लो उससे। उसके सारे प्रतिरोध, उसका सारा रुदन अनसुना हो गया है।

लेकिन गंगा विवश क्यों है, टिहरी बाँध के कारण ? विशेषज्ञ कहते हैं कि देश को विकास के लिए बिजली चाहिए, उन्नत खेती के लिए पानी चाहिए। नदियाँ ये आवश्यकताएँ सामान्य तरीकों से पूरी नहीं करतीं, इसलिए उन्हें अनुशासित करना होगा, उन्हें बाँधना होगा, ऊँचे पहाड़ों में, ताकि

हम मनमरजी से मोड़ सकें या नीचे गिराकर ऊर्जा पैदा कर सकें। आर्थिक विकास के लाभों से हम सब परिचित हैं। विकास चाहिए तो त्याग भी करना होगा, किसी-न-किसी को बलिदान भी करना होगा। जो अल्प है, उसे बलि चढ़ना होगा, ताकि बहुमत जी सके। गंगा तो अल्प में भी अल्प है, अकेली भी। तो कुछ पर्वतीय नदियों का एक समूह भर ही तो है। गंगा प्राचीन काल में प्रबल और प्रचुर पानी वाली नदी थी, क्योंकि हिमालय के जिस खंड से उसका जन्म होता है, वहाँ न केवल भारी हिमपात होता था, अपितु हजारों सालों के हिम-संचय के कारण विशाल हिमानियाँ-ग्लेशियर भी बने थे। इन्हीं जल भंडारों से ग्रीष्म के ताप से पिघलकर ये गंगा और उसकी उप-नदियों के स्रोत बनते थे। पर्वतीय नदियों को पानी इन हिम भंडारों से तो मिलता ही है, अपने जलग्रस्त क्षेत्र में वनों का भी पर्याप्त योगदान होता था। ये वर्षाजल को अपनी जड़ों के माध्यम से भूमि में खींच लेते हैं। इन्हीं भूमिगत जलाशयों से धीरे-धीरे पानी के सोते बहते हैं, जो नदियों को भरते रहते हैं, लेकिन हमने आर्थिक विकास कर लिया और ये वन भी कटते चले गए। ग्लेशियर भी सिमटते गए। स्रोत से ही पानी की मात्रा कम होने लगी।

गंगोतरी से 14 कि.मी. ऊपर भुजवासा में कभी भोजपत्र का विशाल वन होता था। भुजवासा यानी भोजवासा, जहाँ भोजवृक्षों का घर है। भागीरथी के उस तट पर, जहाँ से गोमुख के लिए रास्ता जाता है, अब भोजवन नहीं है। बरसों पहले एक भोजवृक्ष पहाड़ी गली के किनारे अंधे भिखारी की तरह खड़ा देखा था। पता नहीं अभी खड़ा है कि नहीं। तब कुछ लोगों ने कहा कि एक स्वामीजी के कारण भोजवृक्ष कट गए, क्योंकि उनकी चौबीस घंटे जलनेवाली धूनी के लिए लकड़ी की आवश्यकता होती है। स्वामीजी ने प्रतिरोध किया था, ''मेरी धूनी में ही सारा जंगल जल गया क्या? अरे यह तो रगड़ का क्षेत्र है, प्रकृति ने स्वयं ही जंगल उजाड़ा है।'' लोगों का आरोप पूरी तरह सही नहीं, क्योंकि सारा जंगल एक धूनी जलाने से तो जाएगा नहीं, लेकिन स्वामीजी का कथन आधा ही सच था। रगड़ का

क्षेत्र तो है, लेकिन रगड़ का क्षेत्र तो वह पेड़ों के उगने से पहले से था, फिर भी वे उगे और भरा-पूरा वन पनप गया। रगड़ से मतलब ऊँचे पर्वत शिखरों से नीचे सरकनेवाले हिमशैल, जो अपने पथ में आनेवाली हर बाधा को हटाते हैं, पेड़ों को भी। प्रकृति में उत्पात के साथ एक विचित्र संतुलन भी रहता है। पेड़ हजारों वर्ष के अनुभव से सीख जाते हैं कि उन्हें कहाँ उगना है और हिमशैलों या रगड़ के पथ पर तो कदापि नहीं। कुछ पेड़ फिर भी चपेट में आ जाते होंगे, लेकिन वन के क्रमिक विकास पर इनका बड़ा प्रभाव नहीं पड़ता।

तो फिर भोजवास को किसने छीना? प्रकृति, यानी रगड़ ने तो नहीं। भागीरथी के दूसरे तीर पर पनप रहा भोजवन यही कहता है कि जो वन मानव के सामने आया, जहाँ से मानव ने चलने का मन बना लिया, उसे मृत्युदंड मिल गया। भुजवासा के दोषी तो हम ही हैं, कुछ-कुछ संन्यासी, बहुत कुछ गंगा-गोमुख भक्त, जो भोजवृक्षों की छाल तोड़कर उन्हें ठंड में मरने को छोड़ देते हैं और कुछ जंगल के रक्षक। एक वनरक्षा गोष्ठी में एक पूर्व रेंजर ने कहा कि वनों को वनरक्षकों से मुक्ति मिलनी चाहिए। (Forests should be deforestered) चिपको आंदोलन याद है आपको? वह वन बचाने का ही आंदोलन था और गंगा की ही एक सहायक नदी ऋषि गंगा घाटी में आरंभ हुआ था। वह आंदोलन अगर पूरी तरह मर नहीं गया है तो चेतना शून्य तो है ही। चिपको आंदोलन की ही दूसरी धारा का नेतृत्व करनेवाले सुंदरलाल बहुगुणा पता नहीं क्या सोच रहे होंगे अब। भागीरथी नदी के तट पर एक लंबे सत्याग्रह के बाद भी न तो टिहरी बाँध परियोजना में कोई बदलाव आया और न टिहरी बच पाई। गनीमत है कि चिपको आंदोलन के दोनों नेता—चंडीप्रसाद भट्ट और सुंदरलाल बहुगुणा ऊँचे पर्वतों के बीच रहते हैं, जहाँ अभी कोई बड़ी नदी योजना संभव नहीं। वरन् वे भी आज पुनर्वास दफ्तरों के चक्कर काट रहे होते। सुंदरलाल बहुगुणा बहुत कहते रहे कि मैं विकास का विरोधी नहीं, मैं तो बस यही चाहता हूँ कि आज के तात्कालिक लाभ के लिए हम संचित पूँजी बरबाद न करें। वे वनों को

बैंक में सदा के लिए रखी गई पूँजी मानते हैं, जिसके ब्याज से अपना गुजारा करना चाहिए, लेकिन आधुनिक अर्थव्यवस्था और बाजारवाद के समर्थक विशेषज्ञों और सरकारों का जंगलों के रूप में इस खड़ी पूँजी का संचय करके रखना मूर्खता लगती है। पूँजी को सचल होना चाहिए और उसे गति मिलेगी खर्च करने से, तो वन खर्च होते चले गए। जिन लोगों के लिए पेड़ केवल कुछ घनफुट लकड़ी है, उन्हें पर्यावरण या यों कहें हवा, पानी के साथ वनों के रिश्तों से कोई सरोकार नहीं है। तो गंगा के अवसान का पहला चरण जंगलों के अवसान के साथ ही प्रारंभ हुआ, जिसे ऊर्जा की माँग ने पूरा कर दिया है।

लेकिन आश्चर्य की बात यह है कि हम जो गंगा को पवित्र, पावन कहते हैं, उसे गंगा माँ पुकारते हैं, उसकी पूजा करते हैं, आरती उतारते हैं, गंगा में एक डुबकी लगाने के लिए सैकड़ों मील की यात्रा करके आते हैं, वे गंगा के संरक्षण के लिए क्या करते रहे हैं? हरिद्वार, काशी और प्रयाग इसके किनारे पर वे तीर्थ पुरियाँ हैं, जहाँ हर वर्ष एक करोड़ से भी अधिक लोग आते हैं। प्राचीन काल से यह विश्वास लोगों के मन में है कि गंगाजल सदा पवित्र रहता है। क्या पवित्र जल दूषित नहीं होता? चरणामृत में भी गंदगी पड़े तो वह स्वच्छ या स्वास्थ्यवर्धक नहीं रह सकता। जिस गंगा में नहाकर पाप मुक्त होने की उम्मीद हम करते हैं, उसी का पानी पीने को भक्तजन प्रस्तुत क्यों नहीं होते। हरिद्वार और बनारस में मिनरल पानी की बिक्री कम तो नहीं हो रही है। गंगाजल गंदा हो चुका है, यह बात वे लोग भी जानते हैं, जो इसे पाप विनाशिनी मानते हैं और बोतलों में इस जल को अपने-अपने घरों को ले जाते हैं। शायद वे भी जानते होंगे, जो श्रावण में गंगाजल ले जाने के लिए काँवड़ मेले लगाते हैं। जानते हैं तो करते क्या हैं? करेंगे क्या, जबकि गंगाभक्तों के कारण ही यह महान् नदी गंदी हो रही है। कुछ करने के लिए किसी अनुशासन को स्वीकार करना होता है। वह या तो भीतर से आता है या बाहर से। बाहर से थोपेगा कौन? वे जो तीर्थों का आयोजन करते हैं, पुजारी, पंडे, आश्रम और मठों के संचालक,

व्यापारी या प्रशासन? गांधीजी पिछली शताब्दी के शुरू में हरिद्वार आए थे। उन्होंने इस नगरी को देखकर जो लिखा, वह आज भी सच है। उन्हें लगा कि यहाँ के प्रशासन और लोगों ने हरिद्वार को गंदा रखने का जैसे फैसला ही कर लिया है।

आज टिहरी बाँध के कारण गंगा के पानी में कमी आई है तो हम सब विचलित हो गए हैं। यह नाटकीय इसलिए लगता है कि टिहरी की दूसरी टनल के बंद होने के बाद हरिद्वार पहुँचनेवाले पानी में कमी आ गई और टिहरी में पानी भरने लगा, लेकिन क्या हम नहीं जानते थे कि यह होनेवाला है? पर्यावरण के लिए चिंता करनेवालों के प्रतिरोध के कारण इस बात पर काफी बहस हुई है और समाचार पढ़नेवाले अधिकतर भारतीयों को यह मालूम था कि ऐसा होनेवाला है। फिर भी ऐसी कोई हलचल नहीं हुई, जिससे सरकार चौंक जाती, चिंतित होती। सरकारें जनता की इच्छा के विपरीत तभी चलती हैं, जब उन्हें मालूम होता है कि जनता की उदासीनता इतनी है कि वह तब तक नहीं टूटेगी, जब तक पानी सिर के ऊपर तक नहीं पहुँचेगा। फिर देर हो चुकी होगी। दरअसल हम कर्म नहीं, कर्म करने के प्रतीक मात्र में विश्वास करनेवाले हैं। सिगरेट पीना बुरा है तो इसके बारे में हमारे कर्तव्य का आदि और इति दोनों बस एक चेतावनी की एक हलकी सी पंक्ति लिखने भर तक सीमित है। प्लास्टिक की थैलियों से नालियाँ बंद हो रही हैं और नदियाँ, नालियाँ बन रही हैं। यह हम जानते हैं और इन थैलियों पर प्रतिबंध लगाने की औपचारिकता निभाते हैं। इन औपचारिकताओं का उद्देश्य प्रतिबंध तो होता नहीं, यह भी हम जानते हैं। इससे बस हम मान लेते हैं कि हमने अपना कर्तव्य निभा लिया। आगे जो हो, उसके लिए हम उत्तरदायी नहीं। यह औपचारिकता केवल सामान्य प्रशासनिक मामलों तक ही सीमित नहीं। हम धर्म, साधना, पूजा-अर्चना के बारे में भी तो यही करते हैं। ग्यारह रुपए से लेकर ग्यारह सौ रुपए देकर गोदान कराने का स्वांग भी तो हम ही करते हैं। तो फिर गंगा माता, गंगा देवी की पूजा में भी कोई भिन्न व्यवहार क्यों करे। गंगा में भरपूर

पानी हो, गंगा जल स्वच्छ और निर्मल रहे, गंगा की पवित्रता भंग न हो, उसकी गरिमा बनी रहे, यह हम सब चाहते हैं, लेकिन इसके लिए हम कुछ नहीं करेंगे। हम थोड़ा-बहुत शोर तब मचाएँगे, जब हमारी प्रक्रिया में अचानक कोई बाधा पड़े या हमारे व्यापार-धंधे में रुकावट आए, लेकिन यह शोर भी कब तक रहेगा, अंत में हम समझौता कर लेंगे और एक दिन गंगा सरस्वती और अनेक छोटी नदियों की तरह लुप्त भी हो जाए, लेकिन इसका महत्त्व समाप्त हो चुका होगा। तब यह किसी का पापमोचन नहीं करेगी। वह स्वयं ही शापग्रस्त हो चुकेगी।

□

गंगा को अपनों ने ही छला है

भोजवासा से गोमुख तक जानेवाली इस पगडंडी तक कठोर चढ़ाई थी। इस अकेले भोज वृक्ष तक पहुँचते-पहुँचते मेरी साँस फूल गई थी और मैं इसके सहारे नीचे बैठकर अपनी साँसों को सामान्य बनाने का प्रयास करने लगा। अचानक मुझे उस समस्या का हल सूझ गया, जो मुझे पिछले कई घंटे से परेशान कर रही थी।

जब मैं भोजवासा की इस डोरमैट्री तक आया, जो इस सारे इलाके में पर्यटकों के लिए एकमात्र आश्रय स्थल थी, तो साँझ होने में कुछ ही देर थी। मुझे बताया गया था कि साँझ और प्रभात यहाँ नाटकीय ढंग से हो जाते हैं, जैसे किसी ने बत्ती बुझा दी हो। लाल बाबा का आश्रम एक और स्थान था, जहाँ कुछ तीर्थयात्री रात भर टिक सकते थे। सामान रखकर मैं भी बाबा से मिलने निकल पड़ा। वे यहाँ बीस वर्षों से डेरा डाले बैठे हैं और मुझे उम्मीद थी कि इस क्षेत्र और यहाँ के वनों के बारे में वे मुझे कुछ उपयोगी जानकारी दे पाएँगे। उन्होंने मेरा स्वागत मुसकराहट के साथ किया और चाय का एक प्याला मेरी ओर बढ़ाया। यहाँ रात-दिन अलाव जलता रहता है, जिस पर चाय बनती है और हर आगंतुक को चाय पिलाना यहाँ की परंपरा है। मैंने अपना प्रश्न पूछ लिया, जिसके लिए मैं यहाँ आया था। 'बाबा इसे भोजवासा कहते हैं तो पहले कभी यहाँ भोजवन रहा होगा, लेकिन आज यहाँ कोई पेड़ दिखाई क्यों नहीं दे रहा है?' बाबा थोड़ी देर तक मुझे घूरने लगे और फिर बोले, "तो आप भी उन पत्रकारों और बौद्धिकों में से हैं, जो मुझ पर वन-विनाश का आरोप लगाते हैं?"

यह सच है कि देहरादून में मुझे कई मित्रों ने बताया था कि भोजवन के लोप के लिए बाबा का अलाव भी उत्तरदायी हो सकता है, क्योंकि चौबीस घंटे अलाव जलाने के लिए बहुत ईंधन तो लगता ही होगा। यह आश्चर्य की बात थी कि भागीरथी के दूसरे किनारे पर पहाड़ी ढलान पर अभी भी बहुत सारे भोजवृक्ष खड़े थे। मैंने बाबा को यह कहकर शांत किया कि मैं तो केवल सच जानना चाहता हूँ और इस आशा से आया हूँ कि आपको यहाँ का बरसों का अनुभव है। ''सच यह है कि यह रगड़ की भूमि है, जहाँ लगातार हिमशैल गिरते रहते हैं और पेड़ों को रगड़कर गिराते रहते हैं।'' बाबा के कहने का तात्पर्य यह था कि जब पहाड़ों पर ताजा हिम गिरता है तो आँधी का कोई भी झोंका थोड़े से हिम को उठाकर नीचे गिराता है। यही छोटा सा गोला अपने साथ बहुत सारा हिम लपेट लेता है और नीचे आते-आते इसका आकार विशाल हो जाता है। इसकी गति भी बहुत बढ़ जाती है। जिस भी बाधा से यह टकराता है, उसे तोड़ देता है या उखाड़ देता है, चाहे मकान हो या पेड़। स्वामीजी का दावा था कि इन्हीं हिमशैलों की रगड़ से भोजवन नष्ट हुए। इस तर्क से सहमत न होते हुए भी मैंने बाबा से बहस करना उचित नहीं समझा और डोरमैट्री की ओर चल पड़ा।

जिस पेड़ के साथ पीठ टिकाकर मैं बैठा था, लगता था कि वह इस सारी घाटी में अकेला भोज था। भोज वृक्ष एक असाधारण पेड़ होता है, अत्यंत शीतल जलवायु में पनपने के कारण प्रकृति ने इसे शीत से बचाने के लिए एक आवरण पहना दिया है। पौधे के चारों ओर प्लास्टिक जैसी एक परत बन जाती है, जो शीत को अंदर तक नहीं जाने देती। पेड़ के बड़ा होने पर ऐसी कई परतें एक-दूसरे पर जम जाती हैं, जो भोज को सुरक्षित रखती हैं। पुराने जमाने में इन्हीं परतों पर लिखा जाता था। इन भोजपत्रों को पूजा के काम में भी लाया जाता था। जनसंख्या कम होने, वन प्रांतों में दुर्गम मार्ग होने और वनों की प्रचुरता के कारण भी भोजपत्रों के प्रयोग से वनों के विकास पर कोई बुरा असर नहीं पड़ता था, लेकिन अब इन भोजपत्रों का वह उपयोग नहीं है, फिर भी मनुष्य केवल शौकिया भोजवृक्षों की छाल खींचने की आदत नहीं छोड़ता।

अपनी संरक्षक परतों के हटने से पेड़ के लिए मौसम की मार असह्य हो जाती है और कालांतर में वह मर जाता है।

मुझे नहीं पता था कि यह अकेला पेड़ यहाँ कैसे बच गया, कैसे मानव की कुल्हाड़ी और शौकिया यात्रियों की छील-छीलकर पेड़ों को निर्वस्त्र करने की आदत के बावजूद यहाँ खड़ा है, लेकिन एक बात मुझे समझ में आ गई कि भोजवासा में भोज कैसे लुप्त हो गया। यह पेड़ जहाँ खड़ा था, वह कुछ ऊँची जगह थी और उसकी ही बगल में एक सूखा नाला सा था, जिसमें कभी पानी होता होगा कि नहीं, पता नहीं, शायद नहीं। पूरी पहाड़ी में ऐसी ऊँची-नीची पट्टियाँ थीं। अचानक मेरी विवेकबुद्धि सक्रिय हो गई। ये नाले नहीं थे, हिमशैलों के बनाए रास्ते थे, जिनसे वे नीचे उतरते थे और ये ऊँची पट्टियाँ वे स्थल थे जहाँ भोजवृक्ष उगते थे और बर्फानी चट्टानों से सुरक्षित रहते थे। हिमशैलों और वृक्षों ने लाखों साल पहले सहअस्तित्व में रहना सीख लिया था। हिमशैलों ने अपना सहज मार्ग बना लिया था और वृक्ष भी जानते थे, कहाँ इनसे टकराने की संभावनाएँ नहीं थीं। शायद कभी हिमचट्टान अपना मार्ग छोड़कर उतरकर किसी पेड़ से टकराती हो, लेकिन इसे साधारण नियम नहीं अपवाद कहा जा सकता था। भोजवनों का नाश प्रकृति ने नहीं, मानव ने ही किया है, जिसमें वनरक्षक और शौकिया पर्यावरण प्रेमी और पूजक मुख्य कारक होंगे और लाल बाबा जैसे लोग साधारण कारक।

बहुत से विशेषज्ञों का मानना है कि गोमुख ग्लेशियर लगातार पीछे की ओर खिसकता रहा है। पीछे खिसकने का कारण है कि यह ग्लेशियर बहुत तेजी से पिघल रहा है और इसका आकार घट रहा है। इस बात के एकदम पुख्ता आँकड़े उपलब्ध नहीं कि गोमुख कितना घट रहा है। कुछ लोगों के अनुसार सामान्यतया गोमुख कई किलोमीटर पीछे चला गया है। इस बात के फोटोग्राफ मौजूद हैं, जिनसे पता चलता है कि गोमुख ग्लेशियर जहाँ है, उससे काफी पहले हुआ करता था, केवल पचास-साठ साल पहले ही। स्वामी सुंदरानंद गंगोतरी क्षेत्र में लगभग पचास वर्ष तक रहे हैं। उन्होंने आरंभ से ही पर्यावरण

के बदलते रूपों का चित्रांकन किया है, जिनसे इस बात की पुष्टि होती है कि सचमुच गोमुख न केवल पीछे भाग गया है, अपितु कुछ दशक पहले भोजवासा घाटी भी हरी-भरी हुआ करती थी। यह हाल केवल गोमुख का ही नहीं, जिन ग्लेशियरों से भागीरथी की सहायक नदियाँ निकलती हैं, वे भी आकार में घटते रहे हैं और पूरे क्षेत्र में पानी की मात्रा भी कम हो गई है। वनों के विनाश और ग्लेशियरों के घटने का सीधा रिश्ता है।

इंटरगवर्नमेंटल पैनल ऑन क्लाइमेटिक चेंज ने कुछ समय पहले अपनी रपट से खलबली मचा दी। कुछ वैज्ञानिकों ने इसकी तीखी आलोचना की। यह सच है कि इसमें जो दावा किया गया था, वह कुछ अतिरंजित था कि 2035 तक हिमालय के बहुत सारे ग्लेशियर पिघलकर समाप्त हो जाएँगे। इस रपट की तकनीकी खामियों के बावजूद कोई वैज्ञानिक नहीं था, जो घोषित कर पाता कि ग्लेशियरों के समाप्त होने की संभावना निकट भविष्य में है ही नहीं या वे ग्लेशियरों के विज्ञान को पूरी तरह समझते हैं। नेब्रासा विश्वविद्यालय के प्रोफेसर माइकल बिशप के अनुसार, ''लोगों को लगता है कि हमें ग्लेशियरों के बारे में सबकुछ मालूम है, लेकिन सच है कि ये बहुत ही जटिल प्रणालियाँ हैं और इनके बारे में बहुत कुछ जानना आवश्यक है।'' अरिजोना विश्वविद्यालय के डॉ. जेफ्री कारगिल के अनुसार, ''जहाँ कुछ हिमालयी ग्लेशियर क्षीण हो रहे हैं, वहीं कारोकरम श्रृंखला के कुछ ग्लेशियरों का आकार बढ़ रहा है, क्योंकि वहाँ हिमपात अधिक हो रहा है।'' इस पर कारगिल का दावा है कि अगर ये ग्लेशियर अभी समाप्त हो जाते हैं तो इसका मतलब यह नहीं होता कि करोड़ों लोगों के पानी के नलके ही सूख जाएँगे। मतलब यह कि उत्तर भारत की नदियों में केवल दस प्रतिशत पानी ही सीधे ग्लेशियरों से आता है, शेष पानी तो बरसात का होता है। वैज्ञानिकों के लिए कोई निश्चित घोषणा करने के लिए भले ही पर्याप्त आँकड़े उपलब्ध न हों, लेकिन आँखों देखे साक्ष्य और विभिन्न देशों के यात्रियों के अनुसार ग्लेशियरों में भारी कमी आ रही है।

प्रसिद्ध पर्वतारोही जॉर्ज मैलोरी एवरेस्ट शिखर पर चढ़ते हुए मारे गए,

लेकिन मरने से पहले उन्होंने हिमालय की तराई में एक घाटी का चित्र खींचा था। यह चित्र 1921 में खींचा गया। 88 साल बाद एक और पवर्तारोही डेविड ब्रेशियर्स ने भी उसी स्थान से उसी कोण से उसी घाटी का चित्र लिया। दोनों चित्रों की तुलना करने पर वह हैरान रह गया। इस स्थान में आश्चर्यजनक परिवर्तन आ गया था। घाटी में हिम की परतें और ग्लेशियर कम-से-कम आधा किलोमीटर पीछे चले गए थे और घाटी काफी सूख गई थी। तब से ब्रेशियर्स इन दोनों चित्रों को एक साथ बहुत बार प्रदर्शित कर चुके हैं, ताकि लोगों को विश्वास हो जाए कि सचमुच ग्लेशियर पीछे जा रहे हैं।

गोमुख प्रणाली बहुत ही जटिल प्रणाली है। इसमें तीन प्रमुख छोटे ग्लेशियर या गोमुख के सहायक ग्लेशियर हैं—रक्तवरण, चतुरांगी और कीर्ति। लेकिन इनके अतिरिक्त लगभग 18 अन्य सहायक ग्लेशियर भी हैं। नासा, नेचुरल स्नो डाटा सेंटर और अमेरीकी ज्योलॉजिकल सर्वे ने मिलकर विभिन्न ग्लेशियरों की स्थिति का आकलन किया है। इनमें गोमुख शामिल है। इसके हिसाब से पिछले 61 साल के आँकड़े बताते हैं कि गोमुख सचमुच पीछे जा रहा है। 1936 से 1996 तक यह 1147 मीटर पीछे गया है, यानी यह 19 मीटर प्रति वर्ष खिसक रहा है, लेकिन पिछली सदी के पिछले 25 सालों में गोमुख 34 मीटर प्रति वर्ष की गति से पीछे चला गया।

एक तर्क यह है कि ग्लोबल वार्मिंग के कारण ही यह हो रहा है और यह विश्वव्यापी है, केवल भारत तक सीमित नहीं है, लेकिन अगर कराकोरम में ग्लेशियर पीछे नहीं जा रहे हैं और हिमालय में जा रहे हैं तो इसका कारण ग्लोबल नहीं, स्थानीय ही होगा। सच तो यह है कि स्थानीय कारण सबसे अधिक भूमिका निभाते रहे हैं। हिमालय क्षेत्र में पर्यावरण के विनाश और मानव जनित कारकों से जो हाल हुआ है, उसके लिए किसी जटिल वैज्ञानिक सर्वेक्षण की भी आवश्यकता नहीं है, जिन लोगों का तर्क है कि अगर ग्लेशियर तेजी से पिघल रहे हैं तो इसका मतलब होगा कि हवा में अधिक नमी आती है और यह अधिक बरसात का कारण बन जाएगी। अधिक बरसात का मतलब होगा

अधिक पानी, लेकिन यह तर्क कोई आशाजनक तर्क नहीं है। तेजी से गलने का अर्थ यह भी होगा कि ग्लेशियर जल्द ही समाप्त होंगे और अधिक बरसात की उम्मीद भी अस्थायी राहत होगी। फिर अधिक नमी का मतलब बरसात तो हो सकता है, हिम की अधिकता नहीं, जिसके बिना ग्लेशियर नहीं बनते। गंगा नदी शायद गोमुख के बिना भी बरसात में उत्तर भारत में बहती रहेगी, लेकिन उत्तराखंड में नहीं।

□

जब दासी भी विद्रोह कर देती है

क्या आपने पहले कभी सुना था कि संयुक्त राज्य अमरीका में किसी दुर्घटना में दस हजार से भी अधिक लोग मारे गए और वहाँ दुर्घटना के बाद अराजकता का वातावरण पैदा हुआ, लूटमार आरंभ हो गई। कटरीना तूफान से पहले अगर यह किसी ने कहा होता तो उसे महामूर्ख माना जाता, लेकिन यह हुआ और चार-पाँच दिन तक अमेरीकी सरकार को यह भी समझ में नहीं आया कि करें क्या। आहत पशु की तरह गुर्राने और सफाई देने का सिलसिला आरंभ हो गया है और उसी के साथ नस्ली भेदभाव के आरोप भी खुलकर लगने लगे हैं। दरअसल न्यू ओरलींस, जहाँ यह तूफान आया, अश्वेत आबादीवाला इलाका है। अफ्रीकी मूल के भी लोग हैं और गरीब भी। उनमें से बहुत लोगों की शिकायत है कि बचाव कार्य में देर इसलिए हुई कि यहाँ काले लोगों की अधिकता है। अगर गोरी जातियों का क्षेत्र होता तो ऐसी उदासीनता नहीं होती। सरकार सफाई दे रही है कि ऐसा नहीं हुआ। देरी इसीलिए हुई कि किसी को इतने तीव्र तूफान की आशंका ही नहीं थी और इस तबाही के लिए प्रशासन तैयार नहीं था। अगर सरकारी कामकाज की हिमायत करनेवालों के ही तर्क को मान लें तो भी बात कम गंभीर नहीं। चार साल पहले जब न्यूयॉर्क ट्रेड सेंटर पर हमला हुआ था तो सुरक्षा के मामले में अमरीका की दक्षता के दावे को बड़ा धक्का लगा था। लोगों के मन

में अमरीका की अजेयता की जो छवि बनी थी, वह धूमिल होने लगी। आतंकवादी यह उम्मीद तो नहीं कर सकते थे कि एक बड़े भवन को ध्वस्त करने से ही अमरीका ध्वस्त हो जाएगा, लेकिन वे यह उम्मीद कर सकते थे कि अमरीका के आत्मविश्वास पर चोट तो की जा सकती है। इसमें वे सफल हो गए, लेकिन इस बार किसी आतंकवादी ने आक्रमण नहीं किया, प्रकृति ने किया और उसने भी दिखा दिया कि प्रकृति को काबू में करने के पश्चिम के दावों में कितनी सच्चाई है।

अमरीका इससे जो भी नतीजे निकाले, हमारे लिए कटरीना तूफान का क्या अर्थ हो सकता है? दबे स्वरों में कुछ अमरीकी भी कहने लगे हैं कि यह प्रकृति का बदला लेने का अपना तरीका है, लेकिन ऐसे स्वर शीघ्र ही दबा दिए जाएँगे, क्योंकि इस तरह की आलोचना की तार्किक परिणति अमरीका को कभी भी स्वीकार नहीं हो सकती। उसके लिए अमरीकी अर्थव्यवस्था और टेक्नालॉजी के उपयोग में आमूल परिवर्तन करना होगा, जो वर्तमान अमरीका के लिए संभव नहीं। कोई स्थापित व्यवस्था आत्महत्या नहीं करती और अमरीकी व्यवस्था भी नहीं करेगी। इसलिए अमरीकियों को अपना फैसला स्वयं करने देना चाहिए, लेकिन हजारों मील दूर घटने के बावजूद सोचना तो हमें भी पड़ेगा। हम भी इस गलतफहमी में पड़ते जा रहे हैं कि प्रकृति को पूरी तरह काबू किया जा सकता है। जिसको काबू किया जा सकता है, उससे डरना क्या और उसकी चिंता करने की आवश्यकता ही क्यों? इस प्रकृति के साथ खिलवाड़ किया जा सकता है, वह सरकस का एक पशु है, जो बलवान तो है; लेकिन बेबस है। ऐसा नहीं कि पश्चिम में प्रकृति का संतुलन बिगाड़ने के खिलाफ आवाजें नहीं उठती हैं। पर्यावरणवादी ही नहीं, सरकारें भी निसर्ग को बचाने की वकालत करती हैं। अमरीका तो आए दिन विकासशील देशों को सलाह देता रहता है कि 'ग्रीन हाउस' प्रभाव रोकने के लिए ईंधन मत जलाओ, धुआँ छोड़नेवाली गाड़ियों पर रोक लगाओ और यहाँ तक कि कुछ तरह की फसलें उगाओ

ही नहीं। कभी-कभी यह सलाह धमकियों का रूप भी ले लेती है, लेकिन प्राकृतिक संतुलन स्थापित करने की जिम्मेदारी केवल विकासशील देशों पर ही डाली जाती है। ऐसी सलाह दी जाती है कि जिससे उस आर्थिक दर्शन और टेक्नोलॉजी के उपयोग पर आँच न आए, जिस पर अमरीकी आर्थिक संपन्नता खासतौर पर और पश्चिमी आर्थिक ढाँचा आमतौर पर टिका है। सच तो यह है कि सलाह ऐसी होती है, जिससे प्रदूषण बढ़ानेवाली व्यवस्था और प्राकृतिक संतुलन बिगाड़नेवाली टेक्नोलॉजी ही प्रोत्साहित हो।

मोटर वाहनों की संख्या कम करने की वकालत कोई नहीं करता, उनके इंजन सुधारने की बात की जाती है, यानी टेक्नोलॉजी के अगले संस्करण की ही वकालत होती है। दरअसल यह बाजार को फैलाने का ही एक तरीका है।

इस आधुनिक सभ्यता की कई तरह से व्याख्या की जाती है। कुछ लोगों ने इसे 'वेस्ट मेकर' यानी कचरा बनानेवाली सभ्यता कहा है। कहते हैं कि बीस साल पहले जब अमरीकी पर्यटक नॉर्वे या डेनमार्क जाया करते थे तो उन्हें बड़ी ग्लानि होती थी, क्योंकि वहाँ की सड़कें बड़ी साफ-सुथरी हुआ करती थीं, उन पर कोई भी कचरा नहीं रहता था, जबकि अमरीकी सड़कों से कचरा हटाना एक समस्या थी, लेकिन दस-पंद्रह साल में ही हालत बदल गई। वहाँ भी खाली बोतलों, टिन के डिब्बों और प्लास्टिक की थैलियों के अंबार दिखाई देने लगे। अमरीका वहाँ आ पहुँचा था। यह सब जानते हैं कि जहाँ अमरीकी सभ्यता आ पहुँची, वहाँ उसी तर्ज का बाजार छा गया। वहाँ कूड़े के ढेर लग गए। वह चाहे गंगाजी का किनारा ही क्यों न हो, लेकिन कुछ लोग इसे समस्या उत्पादक सभ्यता कहते हैं। आप एक समस्या की पहचान कर लो, फिर उसका समाधान खोजो। पता चलेगा कि इस समाधान के कारण एक और समस्या खड़ी हो गई, जो पहले से भी जटिल है। हम इस नई समस्या का समाधान खोजने में लग जाते हैं और तय है कि वह समाधान भी एक नई समस्या को जन्म देगा ही। उदाहरण

के लिए हममें से कुछ लोगों को लगा कि कागज जैसी नाजुक वस्तु का कोई मजबूत विकल्प निकल आए तो अच्छा रहे। फिर लगा कागज ही क्यों, लकड़ी और धातु का भी विकल्प होना चाहिए। हमने प्लास्टिक का विकास किया। इसका नियंत्रित इस्तेमाल करने के बदले हमने कहा कि नियंत्रण बाजार का दुश्मन है, इसलिए खुला व्यापार और व्यवहार होने दो। कुछ ही सालों में पता चला कि प्लास्टिक की थैलियों के अंबार लग गए हैं। पुरानी वस्तुओं को तो हम मिट्टी में दाब लेते थे, जला सकते थे, लेकिन यह नए विकल्प तो आसानी से नष्ट ही नहीं होते। अमृत पीकर आए हैं। सारी दुनिया में अभियान चल रहा है कि प्लास्टिक को छोड़ो, लेकिन खुद पश्चिम नहीं छोड़ पाया तो उसकी अंधी नकल करनेवाले क्या कर पाएँगे। अब आप निपटिए इस नई समस्या से। विराट् बाँध बाँधे तो जंगल हटाना आवश्यक हो गया। जंगल हटने लगे तो नदियाँ सूखने लगीं। नदियाँ सूखीं तो उन्हें जोड़ने का अभियान चल पड़ा, लेकिन जब स्रोत में पानी नहीं तो जोड़कर भी क्या होगा? कटरीना तूफान प्रकृति का प्रतिशोध नहीं है और न वह उसका गुस्सा है। प्रकृति की छटपटाहट है, अपनी मौत सामने देख रहे, बँधे हुए जीव की छटपटाहट। हम इस देश में मानते रहे हैं कि प्रकृति को काबू में नहीं किया जा सकता है, क्योंकि हम भी उसके अंग हैं। हम शोषण शब्द को नहीं जानते थे, कम-से-कम प्राकृतिक संसाधनों के बारे में तो नहीं जानते थे, हम दोहन को जानते थे। गाय को दुहा जाता है, लेकिन तभी, जब गाय को खिलाएँ-पिलाएँ। उसे अपने परिवार के सदस्य की तरह पालें। तब हम इसके दूध के एक भाग के अधिकारी हो पाते हैं। इसलिए पृथ्वी को हमने गाय की ही संज्ञा दी है। जब अकालग्रस्त पृथु को गाय के रूप में धरती दिखाई दी तो राजा के सामने दो ही विकल्प थे—गाय को मारें और तत्कालिका क्षुधा को शांत करें या गाय को पालें और दीर्घकाल तक उसका दोहन करें। वह प्रतीकात्मक गाय यह धरती ही थी। इसलिए इसे पृथु की बेटी यानी पृथ्वी कहा गया। यह विकल्प हमारे सामने भी है,

या तो पृथ्वी यानी प्रकृति को पालो और लंबी अवधि तक इसका दोहन करो या फिर बाजार की बलिवेदी पर इसे मारो। जिस पश्चिमी दर्शन को हम अपनाते जा रहे हैं, वह दो स्तंभों पर खड़ी है—मनुष्य प्रकृति को नियंत्रित कर सकता है, लेकिन टेक्नोलॉजी को नियंत्रित नहीं किया जा सकता है। वह स्वयं अपनी दिशा तय करती है।

□

इस त्रासदी से हमने कुछ सीखा?

बरसों पहले पर्यावरण कार्यकर्ता चंडी प्रसाद भट्ट ने कहा था कि हिमालय एक रुआँसा बच्चा है, इसके साथ अगर थोड़ी सी छेड़छाड़ की जाए तो बिलख पड़ता है, कभी-कभी चीखकर और फफककर रोता है। थोड़ी-बहुत छेड़छाड़ की बात तो क्या उत्तराखंड में इतनी गड़बड़ हुई है कि प्रकृति का विकराल रूप धारण करना अस्वाभाविक नहीं था, उसकी नदियों को नथ डालकर कंदराओं-टनलों में कहाँ-कहाँ बँधे पशु की तरह घुमाया गया कि वह अधमरी हो गई, कोई-कोई तो मृतप्राय ही हो चुकी हैं। घाटियों, पहाड़ियों, ढलानों को हर कोई नोच-नोचकर समाप्त करना चाहता है। प्रकृति के प्रतिरोध का चमत्कार देखिए कि जिन नदियों में कुछ दिन पहले तक मीलों तक पानी ही नहीं था और नदियाँ सूखे नालों में बदल गई थीं, उनमें अचानक इतना पानी आया कि नदियों में उफान आ गया और किनारों को भी बहा ले गईं। लेकिन कोई नहीं सोचता कि जब हम उन जलमार्गों को नष्ट कर देते हैं, जिन्हें प्रकृति ने बहुआयामी कर्तव्य निभाने के लिए रचा था तो पानी अस्वाभाविक रास्ते तो खोजेगा ही। इससे इतना हाहाकार मच गया था कि लगता था कि पर्वत सचमुच रोने लगा है और उसके रुदन में उसके किनारे बसे हजारों लोग, लाखों तीर्थयात्री भी शामिल हो गए थे। आपदा नियंत्रण विभाग का कहना है कि पहाड़ियाँ कमजोर हो रही हैं, जिससे भूस्खलन होता रहता है, अगर बरसात जारी रहती तो पहाड़ियों का पूरी तरह ढह जाने का खतरा पैदा होता, लेकिन पहाड़ कमजोर क्यों हो रहे

हैं? हिमालय विशालपर्वत मालाओं में सबसे कम उम्र की शृंखला है। इसके कुछ भाग अब भी निर्माणाधीन हैं। इसलिए यह बहुत संवेदनशील शृंखला है। आज भी हिमालय हर वर्ष थोड़ा-थोड़ा ऊपर उठ रहा है। हजारों सालों में प्रकृति ने अपने अनुभव के आधार पर पानी के बहाव को नियंत्रित करने के कई रास्ते खोजे थे। जंगल पानी के बहाव को नियंत्रित करने का उपाय है। ऊँचाई से नीचे बहनेवाले पानी के लिए निश्चित मार्ग तय कर लिये थे। चारों ओर से आनेवाली नदियों के मिलन स्थलों का चुनाव प्रकृति ने ही किया था। इन संगमों या प्रयागों के कारण हिमालय में विभिन्न स्थानों और दिशाओं से निकलनेवाला पानी विशाल जलधाराओं में बदल जाता है, जो अंत में देव प्रयाग में गंगा का रूप लेता है। गंगा और उसकी सहायक धाराएँ जल भंडारण का विराट् प्राकृतिक प्रबंधन है, लेकिन हमने बाँधों के लालच में उसे बिगाड़ दिया। महाभारत काल में बलराम को प्रसिद्ध सरस्वती नदी में नहाने के लिए पानी नहीं मिला, केवल आचमन करके काम चला लिया, नदी की यह हालत हो गई थी। उत्तर काशी से गंगोतरी तक गंगा भी दूर-दूर तक गायब हो चुकी है। यह भी लगभग सरस्वती की स्थिति को पहुँच गई है, लेकिन सरस्वती प्राकृतिक कारणों से इस हालत तक पहुँची थी, गंगा को हमने पहुँचा दिया है।

हिमालय शृंखला की सौ से अधिक गंगानामी नदियाँ बरसात के पानी को ही वहन करने के लिए बनी थीं, लेकिन अब वे वहन करने की क्षमता खो चुकी हैं। आपदा प्रबंधन विभाग को तो अनुमान ही नहीं था कि इस परिमाण की आपदा आ सकती है और स्वाभाविक था कि इसके लिए तैयार नहीं था। कई इलाकों में स्थानीय लोगों ने पहले ही अधिकारियों को बताया था कि वे खतरे में हैं और उन्हें मदद की आवश्यकता है, लेकिन जब कल्पना ही न हो कि चुनौती कैसी है तो तुरंत काररवाई करने का सवाल ही पैदा नहीं होता। आपदा प्रबंधन का सबसे महत्त्वपूर्ण तत्त्व होता है कि जिस क्षेत्र की आशंकित आपदा के लिए तैयारी करनी हो, उसके बारे में सभी प्राकृतिक मानकों और आयामों की सही-सही जानकारी हो। यह जानकारी स्वतंत्र वैज्ञानिक आकलन

पर आधारित हो, न कि सरकारी आँकड़ों के आधार पर। ऐसे ही वैज्ञानिक आकलन पर टिका हुआ आपदा प्रबंध सही समरनीति तैयार कर सकता है। फिर आपदा प्रबंधन सरकार के लिए तभी प्राथमिकता का काम माना जाएगा, जबकि सरकार को भी यह एहसास हो कि पहाड़ी क्षेत्र में किस प्रकार की प्राकृतिक और मानवजनित घटनाएँ हो सकती हैं। बिना सरकारी प्राथमिकता के आपदा प्रबंधन संगठन केवल हाथी के दाँतों की तरह दिखावटी ही होता है। जो सरकार स्वयं ही आपदा का कारण पैदा कर रही हो, वह आपदा के प्रति सचेत कैसे हो सकती है? नदियों की दिशा बिना हानि का आकलन किए मोड़ना, उनकी गति को बाधित करना, ऐसे स्थानों पर बाँध और टनलें बनाना, जहाँ पहाड़ कच्चा है, मलबे को नदियों के रास्ते में डालना और उनके प्रवाह को अवरुद्ध करना, सभी ऐसे काम हैं, जिनके कारण प्रलयंकारी बाढ़ आ ही जाएगी और पानी न केवल तटों को तोड़ेगा ही, अपितु मार्ग बदलकर सीधे बस्तियों में प्रवेश भी कर सकता है। बस्तियाँ भी ऐसे बनाई गई हैं कि नदी को फैलने का मौका ही न मिले। दरअसल सरकार और निहित स्वार्थों ने भावी उत्तराखंड की योजना ही ऐसे बना ली थी, जिसमें नदियाँ केवल छोटे-मोटे नालों की ही सूरत में बहें या सूखकर केवल रेत खनन के काम आएँ, जहाँ अगर कहीं से जमीन चुराई जा सकती थी तो वह नदी का तट ही होगा, जहाँ कहीं मलबा डालने की आवश्यकता हो, वह भी नदी के ही हवाले किया जाएगा। एक सूखे बंजर प्रदेश का नक्शा बना रखा था। उत्तराखंड की त्रासदी प्राकृतिक त्रासदी नहीं थी, मानव की रची त्रासदी थी, जिसमें वहाँ की सरकारों की भूमिका सबसे बड़ी थी। ऐसी सरकारों को राहत के चंद रुपयों या चंद किलो अनाज के लिए माफ करना, इससे भी बड़ी आपदा को न्यौतना होगा!, क्योंकि न तो यह सरकार प्रकृति की चेतावनी समझ चुकी है और न मानवीय संवेदना का इसे एहसास है।

□

पर्यावरण की चिंता किसे है?

पृथ्वी एक विशाल नाव है, जो इस ब्रह्मांड रूपी महासागर में तैरती रहती है, लेकिन अपनी इच्छा से जहाँ चाहे, वहाँ नहीं जा सकती, उसका रास्ता बँधा हुआ है। एक ही दिशा में एक मुद्रिका बस सेवा की तरह सूर्य की परिक्रमा करती रहती है। इसे अपने पथ से हटने की छूट नहीं। अगर किसी कारण हट गई तो सबकुछ समाप्त हो जाएगा, इसे केवल एक ही बार भूल करने का मौका मिलता है। दुबारा गलती करने के लिए वह रहेगी ही नहीं। वह सूर्य के आकर्षण से खिंची अपने पथ पर ही चलती है। जैसे इसकी चाल और यात्रा पर कठोर बंधन हैं, वैसे ही इस पर भार उठाने के भी कठोर नियम-कायदे हैं। कितना उठाए, यह महत्त्वपूर्ण नहीं है, क्या लेकर चलें, यह महत्त्वपूर्ण होता है। इसका अपना वायुमंडल है, जिसे यह अपने चारों ओर लपेटकर रहती है। सामान्यतया यह आवरण उससे अलग नहीं होता, क्योंकि पृथ्वी स्वयं ही उसे अपने आकर्षण से बाँधकर रखती है। इस वायुमंडल की चादर के नीचे वह बहुत से ऐसे काम कर सकती है, जो चादर के हट जाने पर नहीं हो सकते। इस आवरण के बाहर भी एक और आवरण है। यह ओजोन की चादर है। यह चादर पृथ्वी को बाहर की घातक शक्तियों से भी बचाती है। जब तक पृथ्वी का तन इन चादरों से ढका रहेगा, तभी तक यहाँ जीवन बना रहेगा। पेड़-पौधे होंगे, जीव-जंतु विचरेंगे, मौसम बनेंगे और बदलेंगे। अगर इस चादर में कहीं छेद हो गया तो बहुत गड़बड़ होगी। चिंता की बात है कि इस चादर की बाहरी तह में सचमुच छेद हो गए हैं। यह हमारा वृहद्

आवरण है, हमारा बाहरी पर्यावरण; लेकिन इससे भिन्न हमारा एक और आवरण भी है। धुएँ, धूल और गैसों का आवरण, जो हम स्वयं बनाते रहते हैं। हम लकड़ी जलाते हैं, हम गैसों का उपयोग दिन-प्रतिदिन के कामों में करते हैं, हम उसका उपयोग ताप और आग के लिए भी करते हैं और ठंडा करने के लिए भी। हम रोज-रोज खुदाई करते हैं, निर्माण कार्य करते हैं, खनन करते हैं और धूल के अंबार आकाश में फैलाते रहते हैं। यही प्रदूषित हवा हम पीते रहते हैं और यही पेड़-पौधे भी पीते हैं। यही पानी में मिलता है और खाने की वस्तुओं में भी।

लेकिन सवाल उठता है कि इस आग, इन गैसों और इस खनन कार्य से हम मुक्त कैसे हो सकते हैं। इन पर तो हमारा जीवन निर्भर करता है। हवा को तो प्रदूषित होना ही होगा। इसका उपाय क्या है? जब पृथ्वी बनी थी, तब भी ये सारे प्रदूषक काम कर रहे थे। प्रकृति स्वयं करती थी सबकुछ। ज्वालामुखी आग और धुआँ दोनों उगलते थे, जंगलों में आग लगती थी, पृथ्वी के गर्भ से भी कई तरह की जहरीली गैसें बाहर निकलकर वातावरण को प्रदूषित करती थीं। तब मानव नहीं था। जब मानव आया भी तो भी उसके काम इतने सरल थे कि उसे आधुनिक कार्यों की आवश्यकता ही नहीं पड़ती थी। प्रकृति स्वयं प्रदूषण फैलाती थी तो फिर नया क्या है? नया यह है कि जब पृथ्वी विकास की ओर बढ़ने लगी तो इस पर जंगल उग आए। जीव-जंतु तो बाद में आए, पहले तो वनस्पति ही थी। ये जंगल बहुत कुछ प्रदूषण सोख लेते थे। जितना कार्बन डाईऑक्साइड पैदा होता था, उसके अधिकांश भाग को पेड़ ऑक्सीजन में बदल लेते थे। एक तरह का संतुलन बना रहता था और सबका काम चलता था। नया यह है कि हमने यह संतुलन बिगाड़ दिया है। हम जितनी प्रदूषणकारी गैसें बनाते हैं, उन्हें बदलने की क्षमता प्रकृति में नहीं रह गई है।

यह क्षमता इसलिए नहीं रही है कि हमने धरती को भोग्या मान लिया और नतीजा निकाला कि हम जितना भी इसका शोषण करेंगे, इसका कुछ नहीं बिगड़नेवाला। हमारी नजर पहले इसके उस आच्छादन पर पड़ी, जिसे हम

हरियाली कहते हैं। जंगल हमने काट लिये, क्योंकि हमें जमीन की भूख थी या बिजली बनानी थी या नगर बसाने थे या धरती की छाती चीरकर उसके भीतर से कोयला, सोना, तेल और दूसरे खनिज निकालने थे। हमने एक ऐसा आर्थिक दर्शन बनाया, जिसके अनुसार केवल उपभोग ही प्रगति का संकेत नहीं माना गया, अपितु जिसमें अपव्यय विकास का आवश्यक अंग बन गया। हम ऐसी अर्थव्यवस्था को चलाने लगे, जिसे अब कचरा बनानेवाली संस्कृति कहा जाता है। हमने आवश्यकता के अनुसार वस्तुएँ बनाने के बदले वस्तुओं के अनुसार आवश्यकता पैदा करने का दर्शन अपना लिया। एक ओर तो हमने अधिक गैसें, अधिक धुआँ और अधिक प्रदूषण पैदा करना आरंभ किया तो दूसरी ओर उस प्रदूषण को सोखनेवाले सारे कारकों को भी नष्ट करना आरंभ किया। हम अब तो पृथ्वी की सीमाएँ समझने लगे हैं, लेकिन हम इस प्रक्रिया को बदलने को तैयार नहीं, जिसकी हमें आदत पड़ गई है। इसलिए हमने आपस में ही बंदरबाट कर दी। किसी के पास आवश्यकता से बहुत अधिक आया तो किसी के पास जीने भर को भी नहीं। यह काम हमने व्यक्ति के स्तर पर भी किया और राष्ट्रों के स्तर पर भी। अब हम एक-दूसरे पर उँगली उठा रहे हैं कि यह सब तुम्हारे कारण हुआ। तुम ही इसके लिए उत्तरदायी हो। इस मामले में गरीब और अमीर देशों में अधिक अंतर नहीं है। अमीर देश कहते हैं कि तुम प्रदूषणकारी तत्त्वों को कम करो, उनकी सीमा बाँधो। गरीब देशों का जवाब है सारी गड़बड़ तो तुमने की, तुम्हारी अर्थनीति पर चलकर ही तो हम इसमें फँस गए हैं। इसलिए हम नहीं करते, जब तक तुम हमें इसका मुआवजा न दो, यानी न वे करेंगे और न हम करेंगे। स्थिति जहाँ थी, वहीं रहेगी। वे इसलिए नहीं करेंगे कि अपनी अर्थनीति को बदलने से उनकी संपन्नता का स्तर गिर जाएगा, जो वे नहीं करना चाहते हैं। हम इसलिए नहीं करेंगे कि हममें यह हिम्मत ही नहीं कि उनके आर्थिक दर्शन को नकारकर अपने अनुकूल व्यवस्था अपना लें।

ऐसे में जब गंगा को तोड़-मोड़कर हम सुखाने पर तुल जाते हैं तो राज्य सरकार का तर्क भी लगभग वैसा ही होता है, जैसा गरीब देशों का अमीर

देशों के सामने, हमें ही क्यों बलिदान करने को कहते हो ? हमें भी तो विकास चाहिए। हमें भी बिजली चाहिए, हमें भी नगरों को फैलाने के लिए जंगलों की जमीन चाहिए। किसी में यह कहने की हिम्मत नहीं होती कि हम उस अर्थनीति पर नहीं चलेंगे, जिसके कारण हमें नदी-नालों को ही नष्ट करना पड़े, जंगलों को उजाड़ना पड़े। जब तक मूल रोग को नहीं पहचान लेते, तब तक पर्यावरण को बचाने की चीख-चिल्लाहट का कोई लाभ नहीं। जिन कारणों से यह विनाश हो रहा है, उनकी परीक्षा होनी चाहिए। उनके रहते पर्यावरण की सुरक्षा का शोर केवल अपने-अपने स्वार्थों को सिद्ध करने का एक उपक्रम ही है।

□

अपनी संपत्ति की पहचान

विपन्नता के बहुत से कारण हो सकते हैं, लेकिन सबसे हटकर कारण वे होते हैं, जिन्हें हम स्वयं पैदा करते हैं। हनुमान भूल गए थे कि वे कितने समर्थ हैं और जब याद दिलाया गया तो अपनी क्षमताओं का भरपूर उपयोग कर पाए थे, लेकिन जब चेताने के बाद भी कोई कुछ करने को तैयार ही न हो तो? उत्तराखंड की वैसी ही हालत है। सभी कहते हैं कि हिमालय जड़ी-बूटियों का भंडार है और देशी-विदेशी चिकित्सा पद्धतियों की अनेक ओषधियों का आधार यही वनस्पतियाँ हैं। उत्तराखंड ओषधियों का घर है और यहाँ आयुर्वेद का भविष्य बड़ा उज्ज्वल है, क्योंकि हमारे पास वह सबकुछ है, जो इसे आयुर्प्रदेश बना सकता है। कहते तो हैं, लेकिन करते क्या हैं? करने की बात जाने दें, लेकिन जो कहते हैं, वह जानते भी हैं क्या? उत्तराखंड में कितनी जड़ी-बूटियाँ हैं और उनके औषधीय गुण क्या हैं? प्राचीन कथा है कि एक आचार्य ने अपने गुरुकुल के शिष्यों की परीक्षा लेने के लिए वन भेज दिया। उन्हें वे वनस्पतियाँ लानी थीं, जिनका कोई औषधीय गुण ही न हो। एक को छोड़कर सब चेले बहुत सारे पौधे लाकर शीघ्र ही चले आए। जो नहीं आया, वह संध्या तक नहीं लौटा और जब रात को लौटा तो खाली हाथ। उसने गुरुजी से कहा कि मुझे एक भी पौधा नहीं मिला, जिसमें कोई-न-कोई ओषधि निहित न हो। गुरु ने प्रसन्न होकर घोषणा की कि तुम्हारी शिक्षा पूरी हो चुकी है और अब तुम समाज में जाओ। जिन जड़ी-बूटियों का वर्णन आयुर्वेद के ग्रंथों में है, केवल वही ओषधियाँ नहीं हैं, वे भी हैं, जो

शास्त्र में दर्ज नहीं हैं और केवल लोक में प्रचलित हैं और वे भी, जिनके गुण लोक में भी अज्ञात हैं। फिर जो शास्त्र में दर्ज भी हैं, उनमें भी बहुत सारी तो लुप्त हो चुकी हैं या लोप होने के कगार पर हैं। हमारे पास चारों ओर खजाना बिखरा पड़ा है और हमें पता नहीं। बस रट रहे हैं कि हमारे पास बहुत कुछ है, लेकिन क्या है, नहीं जानते।

यूँ तो यह बात पूरे भारत पर लागू होती है, लेकिन उत्तराखंड के लिए विशेष महत्त्व की है कि इस राज्य में न केवल ओषधियों का भंडार है, अपितु यहाँ आयुर्वेद की बहुत पुरानी और समृद्ध परंपरा भी है। इसलिए यह उत्तराखंड का दायित्व है कि वह अपने भंडार और परंपरा की रक्षा करे और उसका संवर्धन करे। इसके लिए आवश्यक है कि पहले उस भंडार के बारे में हम पूरी जानकारी तो प्राप्त करें। पूरे देश के स्तर पर एक वैज्ञानिक सर्वेक्षण होना आवश्यक है, जो यह जाँच करे कि हमारे पास कितनी वनस्पतियाँ हैं, जिनका उपयोग ओषधियों के रूप में किया जा सकता है। इससे न केवल आयुर्वेद का वनस्पति आधार विस्तृत होगा अपितु वनस्पतियों की अंतरराष्ट्रीय चोरी पर भी लगाम लगेगी। आज आयुर्वेद जिन वनस्पतियों पर निर्भर है, उनकी संख्या बहुत नहीं है; क्योंकि हजार वर्ष से इस पद्धति का उस प्रकार का विकास नहीं हो पाया जैसा होना चाहिए। गुलामी के दौर में इसे सरकारी प्रोत्साहन नहीं मिल पाया, जिसके कारण अनुसंधान के अवसर नहीं मिले और औषधीय जानकारी का दायरा नहीं बढ़ पाया, यानी इस मामले में हम हजार साल पीछे हैं। स्वतंत्रता के बाद यह विषय हमारी राजनीति की प्राथमिकता नहीं था। इसलिए कुछ अनुसंधान और सर्वेक्षण हुए, लेकिन आधे-अधूरे। उत्तराखंड को इस मामले में पहल करनी चाहिए। ओषधियों के लिए हजारों वनस्पतियों का आधार मिलने से आयुर्वेद उन चुनौतियों का आसानी से सामना कर सकता है, जिनमें वह आज सफल नहीं हो पा रहा है। सही मायने में पूर्ण चिकित्सा पद्धति बनने के लिए आयुर्वेद की यह पहली आवश्यकता है कि हम अपनी वनस्पति संपदा के बारे में पूरी-पूरी जानकारी प्राप्त करें।

इसका एक महत्त्वपूर्ण पक्ष यह भी है कि वनस्पति केवल आयुर्वेदिक

चिकित्सा का ही आधार नहीं है, अन्य चिकित्सा प्रणालियों में भी इसकी बहुत बड़ी भूमिका है। चाहे एलोपैथिक प्रणाली हो या होम्योपैथिक, बहुत सारी ओषधियों की आधार सामग्री पौधों से ही आती है। यूनानी हिकमत तो आयुर्वेद का ही ईरानी संस्करण है। वनस्पति प्रजातियों के सर्वेक्षण और उनके औषधीय गुणों के विश्लेषण से इन सब चिकित्सा प्रणालियों को लाभ मिलेगा, औषधीय गुणोंवाली वनस्पतियों की तस्करी संभव नहीं होगी। हम इस तस्करी के बारे में हल्दी का उदाहरण देते हैं, जिसे एक पश्चिमी कंपनी ने पेटेंट करने की कोशिश की थी। हल्दी तो ज्ञात ओषधि है, पर उन ओषधियों का बचाव कैसे करेंगे, जिनके बारे में हमें ही कुछ मालूम नहीं। किसी पेड़-पौधे पर अगर कोई पश्चिमी कंपनी व्यापारिक एकाधिकार जताती है, जिसके औषधीय गुणों के बारे में हमारे पास कोई जानकारी ही न हो या जिसका हम इस्तेमाल ही नहीं करते तो विदेशी कंपनी के दावे को गलत कैसे साबित कर सकते हैं? यह समझ लेना चाहिए कि भारत इस पृथ्वी पर एकमात्र देश है, जिसके पास आज भी वनस्पति का विपुल भंडार है। विकसित देश इस मामले में विपन्न हैं, जबकि सबसे अधिक अनुसंधान उन्हीं देशों में हो रहा है। स्वाभाविक है कि उन्हें अपनी औद्योगिक और चिकित्सा प्रणालियों के विकास के लिए अपना आधार बढ़ाने की आवश्यकता है। इसके लिए उन्हें भारत से बेहतर देश कहाँ मिलेगा, जो अपनी संपत्ति से बेखबर है और उसकी सुरक्षा की उसे कोई चिंता नहीं। उत्तराखंड आयुर्वेद को जनता की रोजी-रोटी का बहुत बड़ा आधार बना सकता है। राज्य आयुर्वेदिक चिकित्सा का विश्वविख्यात केंद्र बन सकता है अगर इसे सरकार अपनी प्राथमिकता में शामिल करे। आयुर्वेदिक प्रशिक्षण को स्तरीय बनाने और ओषधि निर्माण की मानकता स्थापित करने से ही राज्य आयुष प्रदेश बन सकता है और आयुर्वेद को विश्व में चिकित्सा प्रणाली की मान्यता दिला सकता है।

□

इस चुनाव में नदियों, वनों और पहाड़ों की भी सुनें

नई सरकार बनाने के लिए आम चुनाव हो रहे हैं। वातावरण चुनावी वायदों और सरकार की वायदा खिलाफियों के शोर से भरा है। इस शोर में नरेंद्र मोदी का दबदबा कुछ अधिक दिखाई देता है। लोग कहते हैं कि नरेंद्र मोदी ही नए प्रधानमंत्री बनेंगे। मोदीजी ने भी विकास के कई वायदे किए हैं। युवकों को नौकरियाँ देने और गरीबों को आवास, शिक्षा एवं चिकित्सा की सुविधाएँ प्रदान करने के वायदे किए हैं। कितने पूरे होंगे समय ही बताएगा, लेकिन इन तात्कालिक और दूरगामी आवश्यकताओं के अतिरिक्त भी कुछ बातें हैं, जो लगता है अछूती ही रह गई हैं। जिस सुशासन की बात वे करते हैं, उसे साकार करने के लिए उन बातों का भी महत्त्व है। यदा-कदा उत्तराखंड के केदारखंड में विनाशकारी जलप्लावन और भूस्खलन की बात तो कुछ नेता कर लेते हैं, लेकिन कोई यह नहीं बताता कि इस प्रकार की त्रासदियों का उपाय क्या है, क्यों होती हैं ऐसी घटनाएँ, कौन से कारण हैं, जिनसे प्रकृति विद्रोह पर उतर आई है। पर्यावरण को पुरानी सरकारों ने विकास का दुश्मन बना दिया था। नई आनेवाली सरकार भी कहीं ऐसा ही तो नहीं मानती। अगर नहीं तो फिर यह चुप्पी क्यों ? हो सकता है कि मोदीजी को ध्यान नहीं आया हो, क्योंकि गुजरात में पर्यावरण संबंधी समस्याएँ हैं, शायद वैसी नहीं, जैसी हिमालय क्षेत्र में हैं, लेकिन वे कोई एक व्यक्ति नहीं हैं, एक राष्ट्रीय राजनैतिक दल के प्रतिनिधि हैं। ऐसे दल के, जिसके कई महत्त्वपूर्ण नेताओं

ने गंगा को अविरल और निर्मल बनाने का आंदोलन चलाया है। उससे जुड़े कुछ महत्त्वपूर्ण नेता तो चुनावी राजनीति में सक्रिय भी हैं। मोदीजी की पार्टी के चुनाव घोषणा-पत्र में तो यह स्पष्ट किया जाना चाहिए कि अगर सत्ता में आए तो जंगल, जमीन, नदी, सांस्कृतिक परंपरा, जन और पशु की सुरक्षा के लिए वह क्या सोचती है।

आजकल विकास शब्द को मंत्र की तरह उछाला जा रहा है कि जैसे इसके उच्चारण भर से ही सब समस्याएँ हल होंगी और राष्ट्र के सभी कष्टों का निवारण हो जाएगा। आर्थिक विकास किसी भी समाज के लिए अनिवार्य है, लेकिन यह तभी कल्याणकारी होगा, जबकि वह संतुलित हो। सड़क, नगर, बिजली, विकास है; लेकिन साफ हवा, स्वच्छ पानी से परिपूर्ण नदियाँ, स्वस्थ हरियाली और वनस्पति, शिखर, पहाड़ और घाटियाँ, स्थानीय रोजगार और शांत एवं सहयोगी सांस्कृतिक समाज आदि भी तो विकास का ही हिस्सा हैं। असंतुलित विकास सामाजिक, असंतुलन और असमता का ही कारण बन सकता है और उसके प्राकृतिक त्रासदी में परिवर्तित होने का खतरा है। इसलिए यह जान लेना आवश्यक है, जिस विकास की नरेंद्र मोदीजी बात करते हैं, उसके मायने भी समझाने की आवश्यकता है और आयामों की बात छोड़ें, केवल इसी बात का स्पष्टीकरण होना चाहिए कि विकास और पर्यावरण के बीच क्या रिश्ता होगा। पिछले दो दशक के विकास के अनुभव से यह दिखता है कि आयोजकों, अफसरशाही और ठेकेदारों की नजर में पर्यावरण और विकास का साँप और नेवले का रिश्ता बना है, या साँप बचेगा या नेवला। दोनों साथ-साथ नहीं रह सकते। हिमालय क्षेत्र में वनों और नदियों का क्या महत्त्व है, इस पर बहस करने की आवश्यकता नहीं है। इतना ही कहा जा सकता है कि इन दोनों के बिना हिमालयी राज्यों का कोई महत्त्व नहीं रहेगा, अपितु कालांतर में हिमालय के ही अस्तित्व पर प्रश्न चिह्न लगेगा।

जंगल जिस तेजी से कटते रहे हैं, उसके लिए भी विकास की ही दुहाई दी जा रही है और अब जिस गति से हिमालय की नदियाँ नष्ट होती जा रही हैं, उसे भी विकास ही कहा जा रहा है। अपने भाषणों में मोदीजी कहते हैं कि

पानी की एक-एक बूँद का उपयोग करना होगा, तभी हम पानी का सुप्रबंधन कर सकेंगे, लेकिन वे यह नहीं बताते कि पानी का यह उपयोग किसके लिए होना चाहिए। आधुनिक अर्थशास्त्रियों के लिए इसका अर्थ यह होता है कि पानी एक संसाधन है, जिसकी बूँद-बूँद की कीमत वसूल की जानी चाहिए। पानी के बदले पैसा मिलना चाहिए, भले ही इस पैसे का इस्तेमाल ठेकेदारों के लिए हो, नौकरशाहों के लिए हो, राजनैतिकों के लिए हो या ऐसे कामों के लिए हो, जिनका नदी क्षेत्रों से कोई वास्ता नहीं है। अगर पानी का यही अर्थशास्त्र है तो फिर गंगा का उपयोग केवल बिजली बनाकर दूसरे राज्यों से पैसा वसूलना भर है। पहाड़ी राज्यों में पीने के लिए, सिंचाई के लिए, उनकी प्रकृति की सुरक्षा के लिए, पहाड़ियों को, तराइयों को टिकाए रखने के लिए और जंगलों को जीवित रखने के लिए गंगा का बहते रहना बिल्कुल आवश्यक नहीं है ? यही कहानी दूसरी नदियों की भी है।

यह एक व्यापक और बहुआयामी दर्शन है। नदियाँ तो अब इसका शिकार हो रही हैं, आजादी से पहले ही जंगल इसके शिकार होते रहे हैं। कहा जाता था कि जंगल का सबसे बड़ा दुश्मन तो जंगल की रक्षा रखने के लिए तैनात रेंजर और वनाधिकारी ही हैं, जिनके लिए जंगल अमुक घन फीट बिकाऊ लकड़ी भर है। वनों के अन्य उपयोगों या विशेषताओं का या तो उनके लिए अस्तित्व ही नहीं है या है तो नगण्य। इस दर्शन के अनुसार तो पहाड़ भी अमुक मात्रा में रेत, बजरी, पत्थर ही है और पानी, वह तो बहती हुई ऊर्जा ही है, जिसे बाँधना आवश्यक है।

विकास और पर्यावरण के बीच उचित संतुलन का महत्त्व पूरे देश के लिए है। प्रकृति कुछ प्राकृतिक घड़ियाँ बनाती है, जिनसे वह चेताती रहती है कि किसी क्षेत्र में प्राकृतिक स्थिति किस रूप और किस अनुपात में बदलती रहती है। इनमें से कुछ घड़ियाँ केवल तथाकथित सार्वभौमिक स्तर पर ही भविष्य देखती हैं। सार्वभौमिक ताप की, जो शिकायत हम रोज सुनते हैं, वह इसी प्रकार की घड़ी है, जो विश्व स्तर पर खतरे का आभास कराती है। कुछ क्षेत्रीय स्तर पर चेतावनी देती हैं। जैसे हिम रेखा। एक निश्चित ऊँचाई

पर हिम नहीं पिघलता, अगले साल के लिए बचा रहता है। साल-दर-साल इसी संचित हिम से ग्लेशियर बनते हैं, जो हजारों साल पुराने हो सकते हैं, लेकिन प्राकृतिक संतुलन बिगड़ने से ताप बढ़ता रहता है और साल-दर-साल यह हिम रेखा ऊपर की ओर खिसकती जाती है। अगर एक साल दस हजार फीट की ऊँचाई पर हो तो दस साल बाद साढ़े दस हजार या और ऊँचाई पर चली जाएगी।

हमारे देश में हिमालय की हिम रेखाएँ कई हजार फीट ऊपर खिसक गई हैं। यह स्पष्ट प्रमाण हैं कि हमारे देश में प्राकृतिक संतुलन तेजी से बिगड़ रहा है। कुछ घड़ियाँ तो एकदम छोटे क्षेत्रों में ही काम करती हैं। जैसे मधुरेखा। मधुमक्खियाँ अपने आसपास के कुछ किलोमीटर के दायरे में ही मधु बटोरती हैं, लेकिन जब आसपास फूलों और मधु देनेवाले पेड़-पौधों का अभाव हो जाए तो उन्हें अपने स्थान से उठकर ऊपर की ओर जाना पड़ता है। इस मधुरेखा का खिसकना साफ तौर पर स्थानीय स्तर पर पर्यावरण की बिगड़ती हालत का द्योतक है। ये सभी घड़ियाँ खतरे का संकेत दे रही हैं। हम जानना चाहते हैं कि भारत के प्राकृतिक संतुलन को बचाने के लिए नरेंद्र मोदी की धारणा क्या है और भारतीय जनता पार्टी की इस बारे में स्पष्ट नीति क्या है?

आसेतु हिमालय भारत देश को पर्यावरण विनाश से बचाने और पूरे देश को पानी और अन्नाभाव के संकट से सुरक्षित रखने के लिए पार्टी क्या सोचती है, क्या योजनाएँ बनाना चाहती है, हम नहीं जानते। हम विशेष रूप से कुछ बिंदुओं पर नरेंद्र मोदी और उनकी पार्टी का ध्यान आकर्षित करना चाहते हैं—

- क्या वे मानते हैं कि गंगा और दूसरी नदियों को अविरल और निर्मल बहने का अवसर देना हमारी राष्ट्रीय प्राथमिकता है?
- क्या वे मानते हैं कि हिमालय क्षेत्र में पर्यावरण को सुरक्षित रखना केवल पहाड़ी राज्यों की संस्कृति की सुरक्षा के लिए ही आवश्यक नहीं, वहाँ की पूरी अर्थव्यवस्था के लिए भी अनिवार्य है?
- क्या उन्हें इस बात का एहसास है कि पहाड़ी और दूसरे वनवासी राज्यों में केवल बिजली बेचने पर निर्भर रहने का परिणाम यह होगा

कि शेष सभी आर्थिक कर्म जैसे लघु उद्योग, हस्तशिल्प, खेती, बागवानी, पशुपालन, फलोत्पादन, पर्यटन और तीर्थाटन आदि का उत्तरोतर ह्रास होता रहेगा और भारत के सीमावर्ती क्षेत्र तेजी के साथ खाली हो जाएँगे ?

हो सकता है कि पार्टी और प्रधानमंत्री पद के उम्मीदवार मोदीजी के दिमाग में पहले से ही कुछ योजनाएँ हों और शायद वे उन पर अमल करना चाहते हों, लेकिन चुनाव प्रचार में उन पर ध्यान देने का मौका न मिला हो, लेकिन हम मानते हैं, इन बातों पर स्पष्ट रूप से मत व्यक्त करने से उन करोड़ों लोगों की चिंता दूर होगी, जो इन पहाड़ी राज्यों में रहते हैं या जो गंगा और वन बचाने के आंदोलनों से जुड़े रहे हैं।

(लेख 2014 के आम चुनाओं से पूर्व लिखा गया था)

□

पर्यावरण का भारतीय दृष्टिकोण

पर्यावरण सुरक्षा की वर्तमान धारणा पश्चिम से आई है, क्योंकि इस पृथ्वी के प्राकृतिक संसाधनों का अनियंत्रित उपभोग करने के पश्चात् पश्चिम के देशों को अचानक महसूस होने लगा है कि कहीं हम इस धरती को संसाधनविहीन तो नहीं कर रहे हैं। यदि ऐसा हुआ तो जिस भौतिक स्तर पर विकसित देश जी रहे हैं, उसे बनाए रखना संभव नहीं रहेगा। इन संसाधनों में केवल धरती के गर्त या अंदर रहनेवाले विभिन्न खनिज पदार्थ ही नहीं, उसके ऊपर बहनेवाले हवा-पानी में भी गंभीर असंतुलन पैदा होगा। बिगड़ते मौसम चक्र, बढ़ते हुए तापमान, तटों को लीलते महासागर, घटते जंगल और सिमटते हिमखंड, ये सब इसी असंतुलन के विभिन्न आयाम हैं। लेकिन प्रश्न है कि क्या विकास की दौड़ में लगी मनुष्य जाति पर्यावरण को बचा सकती है, क्या हम प्राकृतिक विनाश के भयंकर परिणामों से बच सकते हैं? महानगरों के विस्तार का अर्थ है—सड़कें, अधिक आबादी, मोटर वाहनों का प्रदूषण, जल की हर बूँद को उलीचना, गैसों, धुएँ और धूल से वातावरण में एक गहरा प्रदूषण आवरण बनाना आदि। क्या हम इस प्रवृत्ति को त्यागने को तैयार हैं? क्या जमीन और जन की प्यास बुझाने और कल-कारखानों को ऊर्जा देने के लिए वनों को बाँधों और पन बिजली-परियोजनाओं के लिए बलि चढ़ाना छोड़ेंगे? जिस अर्थव्यवस्था को हमने अपनाया है, वह हमें पश्चिम से ही मिली है। उसकी विशेषता है कि वह पहले समस्या पैदा करती है, फिर उसका हल खोजती है। हल भी ऐसा, जो नई समस्या पैदा करता है। स्थायी हल जैसी कोई धारणा उसमें नहीं। ऐसी व्यवस्था में पर्यावरण का विनाश और

बचाव साथ-साथ चलता है और इस रस्साकशी में दोनों सिरों पर रस्सा हम ही खींचते हैं। ऐसे हम, जो न तो पूरी तरह भौतिक विकास के शिखर पर हैं और न एकदम अविकसित। हमारे लिए कोई वैकल्पिक मार्ग भी है? इसका उत्तर खोजने के लिए हमें यह जानना चाहिए कि प्राकृतिक संतुलन को बनाए रखने के बारे में हमारे पूर्वज भी कुछ सोचते थे कि नहीं। अगर सोचते थे तो उनकी धारणा क्या थी?

प्राकृतिक संतुलन के बारे में भारतीय दृष्टिकोण को जानने के लिए हम एक प्राचीन कथा याद करते हैं। कथा राजा पृथु की है, जिसे आदि राजा भी कहा जाता है। उनके समय एक भयंकर अकाल पड़ा। अकाल इतना गहरा था कि गाँव के गाँव उजड़ गए, पशुओं की हड्डियों से भूमि श्वेत दिखने लगी। ऐसी ही स्थिति में राजा को किसी अभियान पर जाना पड़ा। अपने सिपाहियों की छोटी सी टुकड़ी के साथ वे वापस लौट रहे थे कि अन्न समाप्त हो गया। मार्ग के सभी गाँव खाली हो गए थे, जहाँ न मनुष्य थे और न पशु। विवश राजा ने जंगल का रास्ता लिया, शायद वहीं कुछ कंदमूल मिले या कोई शिकार दिखाई दे, लेकिन इसमें भी वे असफल रहे। सिपाही कई दिन से भूखे थे, उनसे चला भी नहीं जाता था। उन्हें पीछे छोड़कर जंगल में वे आगे निकल गए। कुछ देर पश्चात् उन्हें एक गाय दिखाई दी। राजा धर्म संकट में पड़ गए। गाय को मारकर वे गोहत्या का पाप नहीं लेना चाहते थे, लेकिन अपने सिपाहियों की हालत उनसे नहीं देखी जाती थी। अंत में राजा ने गाय का पीछा करना आरंभ किया। गाय भागी, राजा अपने घोड़े पर सवार उसके पीछे भागे, निकट पहुँचकर राजा ने अपने धनुष पर बाण चढ़ाने की तैयारी की तो गाय रुकी और वापस मुड़कर बोली, "राजा तुम मुझे क्यों मारना चाहते हो, मैंने तुम्हारा क्या बिगाड़ा है?"

राजा बोले, "मैं जानता हूँ कि गाय को मारना पाप है, लेकिन मैं विवश हूँ। मैं राजा हूँ और इन सैनिकों की जीवन रक्षा मेरा धर्म है। इसलिए हे गोमाता, मैं पाप का दंड भोगने को प्रस्तुत हूँ, लेकिन राजधर्म को त्यागने को प्रस्तुत नहीं।"

गाय ने कहा, "राजा तनिक विचार करो, मेरे मांस को सैनिकों में तुम बाँट दोगे तो क्या वे बच जाएँगे? यह अकाल कल भी होगा, मेरे थोड़े से मांस पर कब तक जीवित रहोगे राजा?"

राजा चौंक पड़े। सोचा यह कैसा आश्चर्य, गाय मनुष्यों की तरह ज्ञान की बातें कर रही है। उसने हाथ जोड़कर पूछा, "माता तुम साधारण पशु नहीं हो, कृपा करके मुझे बता दो कि तुम कौन हो।"

गाय ने कहा, "राजा प्रथु मैं धरती हूँ, मुझे पालो, मैं तुम्हें पालूँगी। गाय का रूप मैंने इसलिए धारण किया कि तुम समझ जाओ कि गाय को पालो-पोसोगे तो वह प्रतिदिन दूध देगी, मारकर तो केवल एक बार भोजन मिलेगा।"

राजा ने कहा, "धरती माँ, मुझे क्या करना चाहिए?"

धरती बोली, "मुझे अपना लो, मुझे पोषित करोगे तो तुम्हारी प्रजा को अन्न जल का अभाव नहीं होगा।"

राजा ने ऐसा ही किया और तभी से इस धरती का नाम 'पृथ्वी' अर्थात् पृथु की बेटी पड़ा।

इस कहानी में भारतीय पर्यावरण संरक्षण के पहले सिद्धांत को प्रतिपादित किया गया है। यह धरती जो हमें धारण करती है, तभी तक रक्षा कर सकती है, जब तक हम इसकी रक्षा करते रहें। धरती की रक्षा करने का अर्थ ही प्रकृति को सुरक्षित रखना है। गाय का दृष्टांत देकर यही बताया गया है कि हम इससे केवल उतना ही ले सकते हैं, जितने की आसानी से भरपाई हो सके, हम दूध ले सकते हैं, जो थनों में फिर से भर जाता है, लेकिन उतना ही कि गाय का वंश आगे भी चले, इसीलिए हमारी संस्कृति में शोषण शब्द नहीं है, दोहन है। शोषण का अर्थ है—चूस लेना, जैसे गन्ने को चूसकर फेंक दिया जाता है, जबकि दोहन का मतलब दोहन, जिसमें गाय को पालना आवश्यक है।

जब प्राकृतिक साधनों के उपभोग के लिए यह मूल सिद्धांत स्थापित हो गया तो कालांतर में व्यावहारिक नियमों का विकास होना भी स्वाभाविक था। हमारे पूर्वजों ने वनों का अनोखा वर्गीकरण किया। वनों का त्रिवर्ग नियम उनके दोहन और संरक्षण को नियमित करने के लिए ही बना था। इसके अनुसार वन

तीन प्रकार के होते हैं। पहला वर्ग है देववन, ऊँचे पर्वतों पर स्वयं उगनेवाले वन, जो आजकल प्राय: छह हजार फीट ऊँचाई पर उगते हैं, देववन कहलाते हैं। इनमें देवदार और भोजपत्र जैसे वृक्ष और कुछ विरल जड़ी-बूटियाँ ही उगती हैं। देववनों में मानवीय हस्तक्षेप की मनाही थी। व्यापारिक उपयोग के लिए इन्हें क्षति पहुँचाना पाप माना जाता था, क्योंकि इन वनों को ऋतु और जलवायु का संतुलनकर्ता माना जाता था। मध्य ऊँचाई पर उगनेवाले वनों को 'श्रीवन' कहते थे। इन वनों में अधिकतर प्राकृतिक विविधता पाई जाती है। प्राय: सभी सुंदर घाटियाँ इसी क्षेत्र में होती हैं। श्रीवन नाम से ही स्पष्ट है, श्री, यानी संपन्नता के वन होते हैं, जिनसे समाज की विभिन्न आवश्यकताओं की पूर्ति होती है। यहीं से घर या घर के सामान के लिए लकड़ी मिलती है, जलावन यहीं से प्राप्त होता है, यहीं पशुओं के लिए चरागाहें होती हैं, यहीं से अधिक-से-अधिक ओषधियाँ प्राप्त होती हैं। यहीं बड़े और छोटे जलाशय होते हैं। आज के व्यावसायिक समाज के उपयोग का वन क्षेत्र यहीं है, लेकिन इसमें भी शोषण नहीं, दोहन का ही सिद्धांत लागू होता है, जितना ले जाओ, उससे अधिक दे जाओ, ताकि प्राकृतिक आपदाओं के बाद भी वन क्षीण न हो। तीसरे प्रकार के वनों को 'ग्राम वन' कहा गया है, जिन्हें आज पंचायती जंगल भी कहते हैं। यह वनों के पास रहनेवाले समाज की दैनिक आवश्यकताओं की पूर्ति करते हैं और इनका संचालन भी ग्रामवासी ही करते हैं। एक और प्रकार के वनों का भी वर्णन है, जिन्हें 'उपवन' कहते हैं। जिन्हें हम बगीचे, नर्सरी आदि नामों से पुकारते हैं, वे होते तो मानव विकसित वन हैं, लेकिन उनकी भूमिका भी प्राकृतिक संतुलन और मानव संवर्धन में स्वीकार की जाती है।

ग्रामों में और उनके आसपास उपवन ऊपर की शृंखलाएँ हों तो इससे प्राकृतिक संतुलन होगा ही, समाज की संवृद्धि में भी वे उपयोगी होते हैं। भौतिक विकास और प्राकृतिक संतुलन संरक्षण में स्वाभाविक संतुलन बनाए रखने में विश्वास इसका आधार है। प्रश्न है क्या ऊँचे पर्वतीय वनों, यानी देववनों से मनुष्य कुछ भी ले सकता है ? इसका नियम रामायण के उस प्रसंग से मिलता है, जिसमें हनुमान संजीवनी बूटी लाने हिमालय गए। कथित रूप

से यह वन देवों से संरक्षित था। हनुमान ने वन देवों से प्रार्थना की, ''हे वन-देवता, मैं वन में कोई उत्पात करने नहीं आया हूँ। मैं तो केवल वह ओषधि लेना चाहता हूँ, जिससे एक गंभीर रोगी की जान बच सकती है। मुझे ओषधि लेने की अनुमति दी जाए।'' इस प्रसंग में यह स्पष्ट है कि उन वनों में भी ओषधि लेने की अनुमति थी, जो अन्य कामों के लिए प्रतिबंधित थे। पूजा-अर्चना, तपस्या और गुरुकुल जैसे कामों की अनुमति देववनों में थी। उन्हें किसी प्रकार की क्षति नहीं पहुँचाई जा सकती थी।

□

खंड : तीन

धर्म और संस्कृति

मिथक तोड़ने का समय आ गया है

लोग कहते रहते हैं कि हमें एक रेनासाँ की आवश्यकता है। रेनासाँ यानी सांस्कृतिक पुनर्जागृति। आधुनिक यूरोप का उदय ऐसे ही एक पुनर्जागरण के कारण हुआ, जो चौदहवीं-पंद्रहवीं शती में आरंभ हुआ था और कई सदियों तक चला। इसे पुनर्जागृति इसलिए कहते हैं, क्योंकि यूरोपवासी अपने सांस्कृतिक मूल को ग्रीस यानी यूनान और रोम में देखते थे। रेनासाँ के दौरान यूनानी सभ्यता पर दोबारा प्रकाश डाला गया और ज्ञान-विज्ञान, दर्शन और साहित्य के क्षेत्र में उसकी उपलब्धियों की ओर पहली बार मध्यकालीन विश्व का ध्यान गया। जहाँ एक ओर यूरोपीय देशों में राजाओं के एकाधिकार के विरुद्ध विद्रोह होने लगा तो दूसरी ओर ज्ञान और टेक्नोलॉजी के नए रास्ते खुलने लगे। सुप्त यूरोपीय देशों में नई महत्त्वाकांक्षाएँ जग गईं और विश्वविजय का एक अद्‌भुत अभियान चल पड़ा, लेकिन हमें किसलिए चाहिए रेनासां? हमें पहले यह मान लेना होगा कि हम सोए हुए हैं। जागने-जगाने का सवाल तो तभी आएगा। इस अनुभूति के बाद ही कुछ तो छोड़ना होगा और कुछ पाने की तमन्ना होगी। किस बात की तमन्ना है हमें?

आप केवल सरकार बदलकर युग नहीं बदल सकते। फिर भी बहुत से लोगों के लिए यही विकल्प पर्याप्त होता है। उन्हें लगता है कि उन्होंने एक क्रांति ला दी है। ऐसी कई क्रांतियाँ हम देख चुके हैं, लेकिन कुछ ही सालों में हमें मालूम होता है कि पहाड़ को खोदकर कोई खजाना नहीं, एक चुहिया ही मिली। बदला कुछ नहीं। ऐसे विकल्पों को पाते-पाते हमने राजनीतिज्ञों

का एक वर्ग पैदा कर दिया, जिससे यह बात भी तय हो गई कि हम कभी भी इस सत्तासीन वर्ग को नहीं बदल सकते हैं। हमें इसी वर्ग में से ही चुनाव करना होगा, ताश के पत्तों की तरह अधिक-से-अधिक उन्हें फेंट सकते हैं, पत्ते रहेंगे तो वही।

सरकार या पार्टी बदलने से ही अगर वर्तमान व्यवस्था का विकल्प बनता तो किसी रेनासाँ की कोई आवश्यकता ही कहाँ थी। जो लोग थोड़ा आगे की बात सोचते हैं, वे मानते हैं कि हमारी राजनीति जातिवाद के जिस दलदल में फँस गई है, उससे निकले बिना, कोई वैकल्पिक व्यवस्था संभव नहीं है। तो क्या जातिवाद को कोई राजनैतिक पार्टी या सरकार समाप्त कर सकती है? जो पार्टियाँ जातिवाद की ही उपज हैं और अगर संयोग से उससे उपजी नहीं हैं, फिर भी उसका वरण कर चुकी हैं, वे उसे समाप्त कैसे कर सकेंगी? जातिवाद तो किसी आंदोलन से भी नहीं जाएगा। जाना होता तो जयप्रकाश नारायणजी के समग्र क्रांति आंदोलन से चला गया होता। वास्तव में जातिवाद की जड़ें गहरी हैं और उसका वर्तमान रूप सदियों के दुराग्रह और ठहराव से बना है। जिस व्यवस्था को इतना समय लगा हो रूढ़ि बनने में, उसे आप फूँक से उड़ा देंगे क्या? हमारे राजनैतिक नेताओं को ही दोष देना उचित नहीं। यह कहना सही नहीं कि सौ फीसदी नेता जन्मजात बेईमान होते हैं और उनके मन में लोकहित और देशहित की कभी कोई भावना नहीं रहती। जो लोग वास्तविक जनहित और शुद्ध देशभक्ति की भावना से राजनैतिक यात्रा आरंभ करते हैं, वे भी हारकर हथियार डाल देते हैं। कुछ तो है, जो उन्हें विवश करता है। जातिवाद की जड़ें हमारे धार्मिक ठहराव और हमारी सांस्कृतिक विकृति में हैं। राजनीति उसका परिणाम है, वह राजनीति का परिणाम नहीं है।

हमारा बहुत सा धार्मिक कर्मकांड और हमारी बहुत सी मान्यताएँ अपने मूल स्वरूप से इतनी स्खलित हो चुकी हैं कि उससे बहुत दूर निकल आई हैं। इससे न केवल वे अप्रासंगिक हो गई हैं, अपितु इतनी विकृत हो चुकी हैं कि हमें जोड़ने के बदले लगातार तोड़ रही हैं। हमें व्यवस्था को बदलना है तो हमें अपने समाज को आंतरिक रूप से बदलना होगा। यह सामाजिक

और धार्मिक क्षेत्रों में बदलाव के लिए ही आवश्यक नहीं, अपितु राजनैतिक बदलाव के लिए भी अनिवार्य है।

दरअसल हमें एक नई संहिता चाहिए। मनुस्मृति कब लिखी गई, इस बहस में क्यों पड़ा जाए। इतना तो साफ ही है कि पिछले लगभग हजार-डेढ़ हजार साल से वह हमारे बीच है। पिछली पंद्रह-बीस शताब्दियों में समाज बहुत कुछ बदल गया, परिस्थितियाँ बदलीं, इतिहास बदला और उन सबका प्रतिबिंब क्या मनुस्मृति में मिल सकेगा? स्मृतियाँ सामयिक व्यवस्थाएँ होती हैं, जो समय के साथ बदलती हैं या परिमार्जित होती हैं, लेकिन यहाँ हमने समयानुकूल कुछ नया रचा ही नहीं और बदले में जो पहले रचा गया था, उसे भी विकृत होने दिया। प्रक्षेपों से भरे हुए शास्त्रों के नाम पर आज समाज में जो परोसा जाता है, वह उनमें था भी कि नहीं, वैसी उनकी मंशा भी थी कि नहीं, यह देखने की कोई कोशिश हम नहीं करते हैं। यह धर्मग्रंथों के बारे में ही सच नहीं, इतिहास के बारे में भी सच है। हमारा इतिहास वही है, जो हमारे आक्रमणकारियों और हमारे विदेशी शासकों ने हमें बताना चाहा। हम क्या हैं, यह हमें उन्होंने बताया और हमने चुपचाप मान लिया, चुपचाप तो शायद नहीं, लेकिन हमारा प्रतिरोध अत्यंत क्षीण रहा। इसलिए किसी वैकल्पिक स्मृति या व्यवस्था के लिए पहला कदम तो यही होगा कि हम गंभीरता के साथ समझने का प्रयास करें कि हमारे शास्त्र और हमारा इतिहास आखिर क्या कहते हैं। क्या कुछ मिथक तोड़ने का समय नहीं आ गया है अभी?

वर्ण व्यवस्था के बारे में जितनी भ्रांतियाँ व्याप्त हैं, उनके कारण सामाजिक बिखराव और विखंडन की स्थिति पैदा हो गई है। इस मामले में कुछ शास्त्रों का मनमाना उपयोग किया गया है और यह केवल उनकी मनमानी व्याख्या के कारण ही संभव हो चुका है। इस संदर्भ में अपनी नई पुस्तक **'दलित देवो भव'** में किशोर कुणाल ने जिन तथ्यों पर से परदा उठाया है, उन पर हमें गंभीरता से विचार करना चाहिए, क्योंकि यह उस मंथन की शुरुआत है, जिसकी अब आवश्यकता है। बरसों के अध्ययन और शोध के बाद उन्होंने जो तसवीर हमारे सामने रखी है, उसको देखकर पीड़ा होती है कि हमारे

पंडित उन लोगों का अंधानुकरण कैसे करते रहे हैं, जिनका उद्देश्य ही समाज को भीतर से खोखला करना रहा है। कुणालजी के पूरे अनुसंधान पर तो काफी कुछ लिखा जा सकता है, लेकिन केवल 'वज्रसूच्युपनिषद्' को ही लें, जिसका लेखक ने विशेष उल्लेख किया है। यह जानकर अचरज होगा कि उपनिषदकारों ने कितनी, सरलता और स्पष्टता से इस शंका का समाधान किया है। वज्रसूच्युपनिषद् सामवेद के अंतर्गत एक प्रमुख उपनिषद् है। ऋषि पूछता है कि 'को वा ब्राह्मणो नाम ?' ब्राह्मण कौन होता है, क्या वह जीव है, क्या जाति है, क्या देह या रंग है या कि पांडित्य, धर्म, ज्ञान, कर्म या धार्मिक वृत्ति से ही ब्राह्मण बनता है ?

उत्तर देता है कि वह आत्मा तो हो नहीं सकता, क्योंकि आत्मा तो विभिन्न जन्मों में कई शरीरों से होकर आती है, जो किसी भी वर्ण की हो सकती है और किसी जीव-जंतु की भी हो सकती है। यह भी नहीं मान सकते कि ब्राह्मण काया को कहते हैं, क्योंकि सभी जातियों के लोगों की काया में समानता होती है। रूप, रंग में जो कुछ भिन्नता दिखाई देती है, वह भी केवल व्यक्तियों में होती है, न कि जातियों में। काले ब्राह्मण और गोरे शूद्र तो कोई असाधारण बातें नहीं। जाति भी इसका मापदंड नहीं। पुराकाल में अनेक ऋषि ब्राह्मणेत्तर जातियों से हुए। शृंग, कौशिक, वशिष्ठ, नारद और व्यास का उदाहरण दिया जा सकता है।

अगर ब्राह्मण न आत्मा है, न देह है, न जाति है, न रंग है तो क्या यह कह सकते हैं कि ब्राह्मण की पहचान उसके ज्ञान या पांडित्य से की जानी चाहिए? उपनिषदकारों ने यह बात एक विशेष कारण से उठाई है। हमारे पराभव काल में यह धारणा बन गई थी कि केवल ब्राह्मण ही पंडित या ज्ञानी हो सकते हैं, यानी समाज में गैर-ब्राह्मणों के ज्ञान अर्जन को निरुत्साहित किया जाने लगा था। इसके लिए बाद में कुछ अपुष्ट शास्त्रीय तर्क भी दिए जाने लगे थे। अपनी बात को मनवाने के लिए कुछ शास्त्रों में हस्तक्षेप करके प्रक्षिप्त अंशों का सहारा लिया जाने लगा। लगता है उपनिषदकारों को इस प्रवृत्ति का अनुमान था। शायद यह प्रवृत्ति अधिक प्राचीन रही हो। उन्होंने कहा है कि

क्षत्रिय, वैश्य और शूद्र जातियों में भी महान् पंडित और ज्ञानी पैदा हुए हैं। वैदिक मंत्रों के द्रष्टा कवष ऐलूय शूद्र माने जाते थे।

ज्ञानियों में जनक को प्रमाण माना जाता है, जबकि वे क्षत्रिय थे। धर्म और धर्माचरण को भी ब्राह्मणत्व का लक्षण नहीं माना जा सकता है। लोक में अनेक अब्राह्मण भी धार्मिक अनुष्ठानों का पालन करते हैं और बहुत से लोक कल्याण के काम करते रहते हैं, जैसे कुआँ खुदवाना, अन्नदान करना, उपवन लगाना आदि।

तब फिर ब्राह्मण कौन होता है ? उपनिषदकारों ने ब्राह्मण की जो व्याख्या की है तो वह एक आदर्श व्यक्ति की ही पहचान है। जो सभी अवगुणों— काम, क्रोध, मद, मोह से मुक्त हो। जो सद्‌गुणों—शम, दम, निग्रह से युक्त हो। जो दंभ और अहंकार रहित हो और जो आत्मा के सम्यक् स्वरूप को पहचानता हो, वही ब्राह्मण है, यानी जो ब्रह्म को जानता है, वही ब्राह्मण होता है। वज्रसूच्युपनिषद् ही नहीं, शास्त्रों में अनेक स्थलों पर इस बात के साफ संकेत मिलते हैं कि न केवल वर्ण का विभाजन गुण और कर्म के आधार पर किया गया था जैसा कृष्ण ने गीता में कहा अपितु कर्म के आधार पर किसी व्यक्ति का वर्ण भी बदलता था। गुणों को भी वंशानुगत नहीं माना जाता था। हम हजार साल के ठहराव के दौर से गुजरे हैं और इस अँधेरे में से अगर हमें निकलना है तो हमें अपने आपको जानने का गंभीर प्रयास करना होगा। अपने आपको खोजने के लिए अपनी ऐतिहासिक, सांस्कृतिक और धार्मिक धरोहर को माँजकर साफ करना होगा, क्योंकि इस पर धूल और काई ही नहीं जमी है, कहीं-कहीं इस पर मुलम्मा भी चढ़ा है, जिससे पीतल को सोना मानने की भूल होती रहती है।

□

प्रकृति की कोख में जन्मी है भारतीय संस्कृति

संस्कृति संस्कारों से विकसित होती है और संस्कार लंबे अनुभव का परिणाम होते हैं। हम अपनी संस्कृति को भारतीय संस्कृति कहें या हिंदू संस्कृति, ये नामकरण वास्तव में किसी एक तथ्य को प्राथमिकता देने के कारण ही भिन्न-भिन्न होते हैं। हम इसे कभी वैदिक नाम से पुकारते हैं तो कभी सनातन। जिस कोण से देखें, उसी प्रकार का नाम सूझता है। दरअसल हमारी संस्कृति हमारे विकास की ही कहानी है। इसके साथ ही हम आगे बढे और इसी के साथ हममें भी ठहराव आ गया। भारतीय राष्ट्र और भारतीय संस्कृति एक-दूसरे पर आधारित हैं, इसलिए अभिन्न है। संस्कृति एक नदी की तरह होती है, सदा प्रवाहमान। यदि नदी में कहीं अवरोध आए तो उसका प्रवाह भी बाधित होता है। तभी उस राष्ट्र का विकास भी अवरुद्ध हो जाता है, जिसको वह संस्कृति पोषित करती है। अगर नदी सूख जाए तो राष्ट्र का लोप हो जाएगा या वह किसी और राष्ट्र में विलीन हो जाएगा। इसीलिए जब कोई आक्रांता देश को हथियाने के लिए आ जाता है तो वह उस देश के धर्म और संस्कृति पर पहले वार करता है। उसके आस्था के केंद्रों को, उसके संस्कृति केंद्रों और संस्थाओं को नष्ट करता है। ऐसा करके वह आशा करता है कि लोगों को अपनी संस्कृति से मोह भंग हो जाएगा और वे आक्रांता की प्रभुसत्ता को सहज रूप से स्वीकार कर लेंगे। जिन संस्कृतियों का ढाँचा ऐसे तत्त्वों पर खड़ा हो, जिनको न तो बौद्धिक स्तर पर स्थायी माना जा सकता है और न भौतिक स्तर पर, वे नष्ट हो जाती हैं और वे इतिहास के पन्नों में सिमट

जाती हैं, क्योंकि बाह्य अलंकरण उनके ढाँचे का आधार होता है, लेकिन जिनकी जड़ें गहराई तक चली गई हों, वे दबकर भी फिर से उठती हैं, क्योंकि उनका आधार इस प्रकृति, इस सृष्टि के सनातन नियम होते हैं। शायद इसीलिए हमारे पूर्वजों ने इसे सनातन संस्कृति और सनातन धर्म कहा हो।

भारतीय संस्कृति दूसरी संस्कृतियों से भिन्न कैसे है ? भारतीय संस्कृति सार्वभौमिकता पर आधारित है। जब हमारे मनीषियों ने विश्व को कुटुंब घोषित किया तो वे मानते थे कि इस धरती पर रहनेवाले हर मनुष्य के साथ परिवार जैसा ही व्यवहार होना चाहिए, जबकि विश्व की अधिकांश संस्कृतियों में उन सबको जाहिल, त्याज्य या वध्य माना जाता था। केवल इतना ही नहीं, भारत में ही ऐसी संस्कृति का विकास हुआ, जिसको यह ज्ञान था कि मनुष्य और पशुओं में भी सजातीय संबंध है। हम मानते हैं कि ईश्वर मानव कल्याण के लिए धरती पर अवतार लेते हैं, लेकिन हम यह भी जानते हैं कि इस धरती पर भौतिक स्थितियाँ बदलती रहती हैं और तत्कालीन परिस्थतियों के अनुकूल ही प्राणियों का विकास होता है। डार्विन से हजारों वर्ष पहले हमारे ऋषि मनुष्य विकास के इस सिद्धांत के बारे में जानते थे। इसलिए हमारे अवतार जिस युग में अवतरित हुए, उसी युग की परिस्थितियों के अनुकूल शरीर धारण किया। अगर जीवन का विकास पानी में हुआ तो पहला अवतार पानी के जीव का रूप ही धारण करेगा। धरती पर आने के लिए उसे एक ऐसा रूप धारण करना होगा, जो पानी में रहकर भी धरती पर चलना सीख गया हो। मकर अवतार ऐसा ही रूप है। जिस संस्कृति का आधार समस्त प्राणी मात्र के बंधुत्व पर हो, वही सही मायने में सार्वभौमिक हो सकती है।

इसीलिए हमने प्रकृति के साथ साहचर्य का भाव विकसित किया। हम मानते थे कि मनुष्य प्रकृति का ही अंग है, इसलिए वह प्रकृति का स्वामी नहीं हो सकता है। हमने शोषण की कल्पना ही नहीं की, प्राचीन भाषा में ऐसा कोई शब्द ही नहीं। हम केवल दोहन को जानते थे। प्रकृति को हमने गाय ही माना। उसे पालोगे, सुरक्षित रखोगे। वनों को प्रकृति का सशरीर स्वरूप माना और उन्हें सुरक्षित रखना अपना धर्म बना दिया। बीमार की जान बचाने के

लिए भी जड़ी-बूटी पाने के लिए हम वनदेवता की अनुमति माँगते थे, भले ही बूटी माँगनेवाला हनुमान जैसा बली ही क्यों न हो। हमारी संस्कृति की महत्त्वपूर्ण विशेषता है कि हमने विचारों पर कोई बंधन नहीं लगाया। विचार को नदी की तरह माना और उसे बहने का अधिकार दिया। हमारे दार्शनिक ग्रंथ, भले ही वे वेदांग ही क्यों न हों, इस विश्व, इस सृष्टि और ईश्वर को समझने के लिए अलग-अलग कोणों से देखते हैं और कभी-कभी, अलग-अलग नतीजों पर भी पहुँचते हैं। हम मानते थे कि लक्ष्य तक पहुँचने के रास्ते अनेक हैं और उनमें से किसी पर भी चला जा सकता है। जैन परंपरा के प्रसिद्ध स्यादवाद का जन्म इसी धारणा से हुआ कि किसी वस्तु को देखने के अनेक कोण हो सकते हैं और उनमें से किसी भी कोण से देखा गया दृश्य सच हो सकता है। हमने तो उन विद्वानों को, संतों को भी महान् माना, जिन्होंने वेदों का भी विरोध किया। वैदिक ब्राह्मणों से गंभीर मतभेदों के बावजूद बुद्ध को ईश्वर का अवतार मान लिया गया। इस मायने में भारतीय संस्कृति दूसरी सभी संस्कृतियों से भिन्न है, जो एक ही विचार को सही मानती है और उसी को ईश्वरीय आदेश घोषित करती है। ऐसी संस्कृतियों के ही कारण उनके अनुयायियों ने असहमत लोगों को दंड देने का भी अधिकार अपने ही हाथों में रखा। राम जैसे योद्धा के साथ ही बुद्ध और महावीर जैसे युद्ध का निषेध करनेवाले सहज रूप से जन्म ले सकते हैं और उसी सहजता से पूज्य बन सकते हैं।

□

धर्म संस्थापनार्थाय

जोशीमठ में स्थित ज्योतिर्मठ के शंकराचार्य स्वामी वासुदेवानंद सरस्वतीजी महाराज आद्य शंकराचार्य द्वारा स्थापित चार मठों में से एक पीठेश्वर ही नहीं हैं, अपने आपमें एक असाधारण धर्मगुरु भी हैं। उन्हें मठ की चारदीवारी में रहकर निरपेक्ष भाव से अपनी साधना में जीवन व्यतीत करने की अपेक्षा देश भर में धर्मध्वजा को स्थापित करने और समाज को सचेत करने में ही अपनी दिनचर्या का सबसे सार्थक उपयोग लगता है। स्वामी वासुदेवानंद सरस्वती को यह कहने में भी कोई संकोच नहीं होता कि मैं पारंपरिक अर्थों में शायद वैसा संन्यासी नहीं, जैसा लोक में प्राय: अपेक्षा की जाती है। संन्यास में तो मनुष्य को विरक्त होकर अपनी साधना में ही रम जाना चाहिए। मैं ऐसा नहीं कर पाता, क्योंकि मैं समाज में व्याप्त धर्मविरोधी शक्तियों के प्रति उदासीन रह ही नहीं सकता। शायद मैं सही मायने में परिव्राजक भी नहीं, क्योंकि परिव्राजन में कोई उद्देश्य लेकर यात्रा नहीं की जाती, वह तो निर्बाध यात्रा होती है, ताकि संन्यासी किसी एक स्थान या स्थिति से बँधा न रहे।

हिंदू धार्मिक व्यवस्था में इतने ऊँचे पद पर विराजमान होने पर भी शंकराचार्य के मुँह से इस प्रकार की स्वीकारोक्ति उनके अदम्य साहस और बौद्धिक परिपक्वता का ही परिचायक है। स्वामी वासुदेवानंदजी सरस्वती को इस बात का संतोष है कि पथ-प्रदर्शक आदिशंकराचार्य असाधारण परिव्राजक थे और विलक्षण संन्यासी भी थे, लेकिन उनके परिव्राजक और संन्यास का

एक विशेष लक्ष्य था—सुप्त समाज को जगाना और भ्रांत धारणाओं का नाश करके वास्तविक धर्म की स्थापना करना। इस अर्थ में ज्योतिर्मठ आश्रम के शंकराचार्य एक असाधारण धर्माचार्य हैं। कुंभ के पावन पर्व पर जानकारी पाने के बहाने उनके दर्शन की इच्छा और उनके व्यक्तित्व के साक्षात्कार की अभिलाषा के कारण मैं और मेरे साथी राजेश सिंह उनसे मिले। वे अपने दिल्ली प्रवास के दौरान श्री महेश योगीजी के आश्रम में ठहरे थे। हमारी जिज्ञासा को शांत करते हुए उन्होंने कुंभ के महत्त्व पर विस्तार से प्रकाश डाला। उनके अनुसार कथा सर्वविदित है कि आदिकाल में देवासुर संग्राम हुआ था और समुद्र मंथन से जो विभिन्न रत्न प्राप्त हुए थे, उनमें एक अमृत कलश, यानी कुंभ भी था। इस अमृत को पाने के लिए देवताओं और असुरों में संघर्ष हुआ। देवता अमृत कलश लेकर भागे और असुरों ने उनका पीछा किया। इस छीना-झपटी में अमृत की कुछ बूँदें गिरती रहीं। जहाँ-जहाँ वह अमृत गिरा, वही स्थान पवित्र हो गया और उन्हीं स्थानों पर कुंभ स्नान का पर्व मनाया जाने लगा। इस कथा का एक और रूपांतर भी है। उसके अनुसार देवताओं ने असुरों से अमृत कलश को कई स्थानों पर छिपाया था। जिन स्थानों पर कुंभ को रखा गया, वहीं कुंभ का पर्व मनाया जाने लगा। कुंभ की तिथियाँ निश्चित हैं, क्योंकि इसका संबंध दैवीय घटनाओं के साथ है, इसलिए कुछ निश्चित योगों पर ही कुंभ का आयोजन हो सकता है। शास्त्रों के अनुसार—

माघे मेषगते जीवे,
मकरे चन्द्रभास्करौ।
अमावस्या तदा योगः,
कुम्भाख्यस्तीर्थ नायकं।
मकरे च दिवानाथे,
ह्यजगे च ब्रहस्पतौ।
कुम्भयोगो भवेत्तत्र,
प्रयागे ह्यति दुर्लभः॥

देश के चारों कुंभस्थलों पर अलग-अलग नक्षत्र योगों पर ही कुंभ लगता

है। जब बृहस्पति मेष राशि में और चंद्र तथा सूर्य मकर राशि में हों, तभी पूर्ण कुंभ लगता है। माघ मास में प्रत्येक वर्ष चंद्र तथा सूर्य मकर राशि में ही होते हैं, लेकिन बृहस्पति का योग बारह वर्षों के बाद आता है। इसलिए पूर्ण कुंभ बारह वर्ष में ही एक बार आयोजित होता है। कालांतर में अर्ध-कुंभ की भी व्यवस्था हुई। अर्ध-कुंभ छह वर्ष के बाद मनाया जाता है। यद्यपि अर्ध-कुंभ की शास्त्रों में कोई व्यवस्था नहीं है, लेकिन अर्ध-कुंभ के लोक पर्व को प्राचीन काल से जनमानस में मान्यता प्राप्त है। देश में चार स्थानों पर ही कुंभ का आयोजन होता है। प्रयाग के अतिरिक्त हरिद्वार, उज्जैन और नासिक। माघ मास में प्रयाग में स्नान करने का महत्त्व कई ग्रंथों में विभिन्न प्रकार से वर्णित है, लेकिन पद्मपुराण का यह कथन इस महत्त्व का पर्याप्त परिचय देता है—

माघे मासि प्रयागस्य
दर्शनं दुर्लभं नृणाम्।
स्पर्शनस्य तु का वार्त्ता
स्नान तत्र सुदुर्लभम्॥

दायरा बढ़ता गया और शंकराचार्यजी के साथ अन्य विषयों पर भी चर्चा चल पड़ी। उदाहरण के लिए अखाड़ों और मठों के परस्पर संबंध क्या हैं?

शंकराचार्यजी ने कहा कि आद्यशंकराचार्य ने देश की तात्कालिक परिस्थितियों को देखते हुए महसूस किया था कि देश को एकसूत्र में पिरोने की आवश्यकता है। उन्होंने इसी उद्देश्य से देश के चार कोनों पर चार मठ स्थापित किए, लेकिन इसके बाद यह भी महसूस किया गया कि विपरीत परिस्थितियों में इन मठों की सुरक्षा के लिए भी व्यवस्था होनी चाहिए। अखाड़े ऐसी ही आवश्यकताओं के कारण विकसित हुए, लेकिन मठों के विस्तार और उनसे जुड़े अखाड़ों के विस्तार का एक परिणाम यह भी हुआ कि अखाड़ों में ब्राह्मणों की तुलना में अनेक गैर-ब्राह्मण जाति के लोग भी संन्यास लेकर शामिल होने लगे। कुछ शंकराचार्यों ने इनमें जाना ही बंद कर दिया। अलगाव का यह कारण बहुत समय तक चला।

यह जानकारी देने के बाद ज्योतिर्पीठ के शंकराचार्य ने एक महत्त्वपूर्ण

बात की घोषणा की। उनका मानना है कि अखाड़ों और मठों में कुंभ स्नान आदि के विवादों को मिटाने के लिए परिवर्तन की आवश्यकता के बावजूद मैं अखाड़ों से अलगाव का समर्थन नहीं करता, अपितु मैं तो इनका पोषक हूँ।

यद्यपि ज्योतिर्मठ की स्थापना प्राचीन काल में हुई थी, लेकिन बीच में राजनैतिक परिस्थितियों के कारण इस पीठ में पीठासीन आचार्यों की परंपरा अवरुद्ध हो गई। 165 साल तक इस पीठ पर कोई शंकराचार्य ही नियुक्त नहीं हुआ। 250 वर्ष पहले से यह पीठ खाली रही। जब देश के कुछ आचार्यों और संतों ने इसे पुनर्स्थापित करने का निश्चय किया तो पता चला कि इस आश्रम के नाम से केवल पाँच नाली भूमि, यानी ग्यारह सौ गज क्षेत्र ही पंजीकृत है, वह भी दूसरों के अधिकार में था। कुछ दानी बंधुओं ने थोड़ी और भूमि दिला दी और मठ को फिर से स्थापित किया गया। काशी की धर्म महासभा और अनेक संतों ने परम गुरु ब्रह्मानंद सरस्वती को सर्वसम्मति से पीठासीन किया और उन्हें ज्योतिर्मठ का शंकराचार्य घोषित किया। 1942 के कुंभ में समस्त अखाड़ों ने उनका स्वागत किया और उनकी शोभायात्रा भी निकाली। तब से यह परंपरा अक्षुण्ण रूप से चल रही है। प्रयाग के कुंभ में आचार्य वासुदेवानंद सरस्वती का कल्पवास हर बार एक धर्मक्षेत्र की तरह होता है, क्योंकि उनके शिविर में कथा-कीर्तन से लेकर धर्म चर्चा के विभिन्न आयाम दिखाई देते हैं। □

अमृत की कुछ बूँदों के लिए

कथा है कि देवासुर संग्राम के बाद जब अमृत घट-यानी कुंभ लेकर गरुड़ उड़ा तो भारत के कई स्थानों पर उसे धरती पर उतरना पड़ा था। घट को लेकर जब-जब गरुड़ पंख फैलाकर फिर से उड़ने लगा तो कुंभ से अमृत की कुछ बूँदें छलककर धरती पर गिर पड़ीं। जहाँ-जहाँ ये बूँदें गिरीं, वहीं-वहीं कुंभ आयोजित होता है। इसलिए कुंभ में हमें अमृत का पूरा घड़ा नहीं, उससे छलकनेवाली चंद बूँदों की ही तलाश होती है। वही हमें तारने के लिए पर्याप्त होती हैं। जब इस पूर्ण कुंभ में हमने मंथन किया तो उससे भी हम भारतीय ज्ञान सागर के सारे रत्न, सारी संपदा, सारा अमृत पाने की आशा नहीं करते थे। केवल यही चाहते थे कि इस ज्ञान भंडार से कुछ बूँदें छलक पड़ें और हमारे साथ और हजारों लोगों को लगे कि अब की बार सचमुच कुछ पाया। किसने क्या पाया, इसका गणित लगाना किसी के लिए संभव नहीं है। हर व्यक्ति अपनी-अपनी मन:स्थिति के अनुसार, अपनी रुचि के अनुरूप और अपनी पात्रता के अनुपात में ही पाता है।

यह वैसी ही बात है, जैसा तुलसी ने कहा—जाके मन भावना जैसी, प्रभु मूरत देखी तेहि तैसी। कुछ लोगों ने पूछा कि कुष्ठ रोगियों की सेवा, चिकित्सा तथा बच्चों की शिक्षा दीक्षा का व्रत लेनेवाली संस्था 'दिव्य प्रेम सेवा मिशन' का किसी बौद्धिक बहस या शास्त्रार्थ से क्या वास्ता? किसी भी रूप में हो, सेवा समाज के प्रति अपने दायित्व को निभाने का प्रयास ही तो है। जिस समाज में हम पैदा हुए हैं और जिसने हमें हमारी संस्कृति दी, हमें

विश्व दृष्टि दी, जिसकी सभ्यता में हम गौरवान्वित महसूस करते हैं, उसको कुछ दे सकें यही कर्तव्य है और सेवा भी कर्तव्य का ही एक रूप है। तो क्या समाज को अपनी ही संस्कृति की तनिक याद दिलाना, उसकी अनेक परतों में से कुछ को खोलना, समाज के प्रति अपने कर्तव्य का निर्वाह नहीं है?

दरअसल मंथन तो हमारे मनों के भीतर होता ही रहता है। अनेक नए-नए प्रश्न खड़े होते रहते हैं और कुछ पुराने प्रश्न फिर से सामने आ जाते हैं। हमारे चारों ओर का परिवेश बदल रहा है। जो बातें कुछ ही दशक पहले सहज हुआ करती थीं, आज सहज नहीं रही हैं, संदिग्ध लगती हैं। पश्चिमी सभ्यता के अतिक्रमण और आधुनिक विज्ञान के आगमन की चकाचौंध में समाज के रूप में ही नहीं, राष्ट्र के रूप में भी हमारे मन में शंकाएँ पैदा हो रही हैं। जिन्हें हम मान्यताएँ कहते हैं, वे कहाँ तक प्रासंगिक रह गई हैं, हमारे पूर्वजों ने जिन सिद्धातों का विकास किया, जिन परंपराओं को स्थापित किया, उनकी उपयोगिता क्या है?

शंकाओं और संदेह के इस वातावरण में क्या हमें फिर से अपनी उस धरोहर, अपने शास्त्रों, अपनी उन मान्यताओं, समाज और विश्व के प्रति अपने दृष्टिकोण की समीक्षा नहीं करनी चाहिए? यह समीक्षा उस ज्ञान भंडार को टटोलने और उसे समझने का प्रयास करने से आरंभ हो सकती है। पहले हम जानें तो सही कि हमारे पास है क्या। कुंभ से अच्छा अवसर और कौन हो सकता था। कुंभ के अमृत की कुछ बूँदों की ही तरह हमें भी संपूर्ण ज्ञान की प्राप्ति की नहीं, कुछ बूँदों की ही आशा थी, जो हमें मिलीं और हमने औरों के साथ बाँटी। आगे भी बाँटने की इच्छा है। कुछ ऐसे भी प्रश्न पूछे गए कि कुंभ जैसे धार्मिक पर्व पर तो धर्म-दर्शन और तीर्थ अनुष्ठान जैसे विषयों पर ही चर्चा होनी चाहिए। शिक्षा, पर्यावरण, संविधान और मीडिया जैसे विषयों का तो इस पर्व के साथ दूर-दूर तक का कोई संबंध नहीं है। संस्कृति एक व्यापक शब्द है, जो अपने भीतर जीवन के अनेक आयामों को समाकर रखता है। हमारी शिक्षा प्रणाली इसी संस्कृति का एक अंग है। प्राचीन काल से हमारे देश में गुरुकुलों की परंपरा थी। उनमें जिस प्रकार की शिक्षा दी जाती

थी, वह कुछ नियमों और मूल सिद्धांतों के आधार पर दी जाती थी। वह सर्वांगीण और बहुआयामी थी। वह केवल धनोपार्जन के लिए नहीं थी, मनुष्य के समूचे व्यक्तित्व के विकास का साधन थी। वह व्यक्तित्व और समाज के आपसी रिश्तों के विकास का साधन थी। जब हम रामराज्य की बात करते हैं तो केवल राम को अच्छे भाई, अच्छे पुत्र, अच्छे पति के रूप में नहीं देखते हैं, राम के जनोन्मुखी शासन की बात भी तो करते हैं।

गांधीजी राम राज को आदर्श राज मानते थे तो इसलिए कि वह नैतिकता और न्याय पर आधारित व्यवस्था थी। हर युग की शासन व्यवस्था भी किसी-न-किसी संस्कृति की कोख से ही पैदा होती है। महान् संस्कृतियों ने महान् सभ्यताओं और शासन व्यवस्थाओं का विकास किया है। कानून और संविधान भी सांस्कृतिक चेतना का ही अंग होते हैं। यह सच है कि प्राचीन काल में उस तरह की पत्रकारिता और मीडिया के अन्य रूप नहीं थे। समय के अनुसार भौतिक सुविधाओं का विकास होता रहता है। यात्रा के, संचार के, व्यापार के, साधनों का अभूतपूर्व विकास हुआ है, लेकिन मीडिया का मूल उद्‌देश्य तो संवाद ही है न। एक-दूसरे से संवाद, प्रशासन से संवाद, समाज के विभिन्न वर्गों में संवाद, गुरु-शिष्य के बीच संवाद, दूर बैठे लोगों से संवाद।

यह संवाद तो मनुष्य जाति के आदि काल से ही होता रहा है। केवल समय के साथ-साथ साधन बदलते हैं। आज जिसे हम संचार माध्यम कहते हैं, वह रूप-रंग में, भाषा-शैली में कितना ही भिन्न क्यों न हो, है तो समाज के विभिन्न वर्गों के साथ संवाद स्थापित करने का माध्यम ही। संस्कृति के विकास के साधनों में यही संवाद एक बड़ा साधन है। इसे जाँचने-परखने का काम भी संस्कृति की परिधि में ही आता है। फिर जिस गंगा के किनारे यह कुंभ आयोजित हो रहा है, वह नगरी हरिद्वार या हरद्वार, हर का दरवाजा है और हरि का भी। वह वास्तव में जल के महान् कुंभ और जलवायु के संचालक हिमालय के चरणों में है। यह प्रकृति का भी द्वार है। यहाँ हम संवाद स्थापित करें तो आप प्रकृति को भूल सकते हैं? जिस देश में पेड़ों को पूजा जाता हो, जहाँ की नदियों को देवी का दरजा दिया गया हो, जहाँ गंगा नदी ही

नहीं, माँ है, उस देश की संस्कृति में प्रकृति या पर्यावरण मूल तत्त्व ही होगा। समाज मनुष्यों का समूह भर नहीं होता। वह विभिन्न स्तरों पर खड़ी एक विराट् संस्था है। परिवार इसकी मूल इकाई है। अगर परिवार की यह इकाई बिखर गई तो पूरे समाज का ढाँचा चरमरा सकता है। परिवार कुछ नैतिक मूल्यों, कुछ व्यावहारिक आवश्यकताओं और कुछ भावात्मक व्यवहारों से बनता है। हम तो सारे विश्व को एक परिवार की ही दृष्टि में देखने का प्रयास करते हैं। पश्चिम के प्रभाव से बिखरते परिवार की ओर जन–जन का ध्यान आकर्षित करने के लिए हमने परिवार को इस संवाद का एक अंग बनाने का प्रयास किया। अपने विषयों के कई ज्ञाता, विभिन्न सामाजिक कार्यों में जीवन लगाकर बहुमूल्य अनुभव के धनी, तापस और संन्यासी, संगठनकर्ता और दिशा–निर्देशक इस मंच पर आकर जो कुछ कह गए, जो कुछ समझाया, उसे वहाँ उपस्थित श्रोताओं ने सुना–गुना, लेकिन लगा कि अमृत की इन बूँदों पर केवल हमारा और वहाँ आए कुछ हजार लोगों का ही अधिकार नहीं है, उसे दूर–दूर तक बाँटना चाहिए।

□

गौ-रक्षा और ग्राम-रक्षा

पृथु और गाय के एक प्राचीन प्रसंग से स्पष्ट है कि भारतीय संस्कृति में पृथ्वी को गाय का ही एक स्वरूप माना गया है। यह महत्त्वपूर्ण प्रसंग पौराणिक शैली में एक महान् दार्शनिक सिद्धांत को प्रतिपादित करता है कि यह धरती गाय की तरह है, जिसे अगर प्यार से पालो तो वह मनुष्य जाति का भरण-पोषण करेगी। गाय और पृथ्वी का यह संबंध भारत में कृषि और ग्रामीण व्यवस्था का आधार बना। शायद किसी और देश में ग्रामीण जीवन इस प्रकार गौ आधारित नहीं रहा है, क्योंकि हमारे ही देश में गाँव एक स्वायत्त, सामाजिक और आर्थिक इकाई के रूप में विकसित हुआ है। यह सत्य है कि जीवन जीने की परिस्थितियाँ लगातार बदलती रहती हैं। मनुष्य की बुद्धि नए उपकरणों और नए तौर-तरीकों का आविष्कार करती रहती है, लेकिन अगर मनुष्य जाति को प्रकृति के साथ सहचर्य और सहयोग के रिश्ते बनाए रखने हैं तो ग्राम को एक सामाजिक इकाई के रूप में जीवित रखना ही होगा और इस इकाई की आर्थिक धुरी सदा से गौवंश ही रहा है और आगे भी रहेगा।

विकास की आधुनिक अंधी दौड़ और वैज्ञानिक प्रगति के दुरुपयोग का ही परिणाम निकला है कि पश्चिम में ग्रामीण इकाई लगभग समाप्त हो चुकी है। पश्चिमी देशों में ग्राम एक नाममात्र है, एक ऐसी व्यवस्था है, जो वास्तव में वहाँ के नगरों का विस्तार भर होता है। इन ग्रामों में किसी प्रकार की स्वायत्तता या स्वावलंबन का प्रश्न ही नहीं पैदा होता। स्वाभाविक है कि इसका प्रभाव वहाँ के पूरे समाज पर पड़ता है। प्रकृति इस विकास प्रक्रिया से

लगभग खारिज हो गई है। मनुष्य और प्रकृति के रिश्ते टूट चुके हैं। कारण खोजने के लिए कहीं दूर नहीं जाना होगा। प्रकृति के प्रति विकासमान मनुष्य का दृष्टिकोण एकदम बदल गया है। मनुष्य प्रकृति को दासी के रूप में ही जानता है और उसी रूप में उसके साथ व्यवहार भी करता है। दास के तो कोई अधिकार होते ही नहीं, उससे राय लेनी या उसकी आवश्यकताओं पर ध्यान देने की फुरसत ही किसे है। यह माना जाता है कि प्रकृति का दमन किया जा सकता है। दरअसल शोषण शब्द ही इस दमन का प्रतीक है कि इस धरती और इसे धारण करनेवाली प्रकृति को जहाँ तक निचोड़ा जा सके, निचोड़ा जाए, यही आधुनिक विकास का दर्शन है। ऐसे में प्रकृति या तो मर जाएगी या प्रतिरोध करेगी, जो प्रायः भयंकर होता है। इस सोच में गाँव का जीवित रहना संभव नहीं है। दरअसल उसकी आवश्यकता ही नहीं, क्योंकि गाँव उस समाज की इकाई है, जिसका अर्थतंत्र प्राकृतिक संसाधनों के साथ गहन रिश्तों और सहयोग की भावना पर आधारित होता है। गाय इस प्राकृतिक अर्थव्यवस्था का महत्त्वपूर्ण अंग रही है।

जब हम गौवंश की रक्षा की बात करते हैं तो केवल चंद गायों को कसाई की छुरी से बचाने की ही बात नहीं करते, अपितु उस पूरी व्यवस्था को पुनः स्थापित करने की बात करते हैं, जिसमें स्वस्थ गाँव और उसका समर्थ अर्थतंत्र सक्रिय रहता था। स्पष्ट है कि केवल कुछ गोशालाएँ बनाने की या गौवध विरोधी कानून बनाने भर से संबंधित नहीं है। इसके लिए वैकल्पिक अर्थव्यवस्था के बारे में सोचना होगा, जिसमें गाँव और गौवंश की महत्त्वपूर्ण भूमिका हो। समय-समय पर ऐसे लोग सामने आते हैं, जो बार-बार रासायनिक खेती और कीटनाशकों के आशंकित परिणामों के बारे में हमें चेतावनी देते रहते हैं। कुछ कर्मठ वैज्ञानिक गौवंश आधारित अर्थव्यवस्था का प्रदर्शन भी करते रहते हैं ताकि उनकी वैज्ञानिकता का समाज के सामने प्रमाण प्रस्तुत किया जा सके, लेकिन इस प्रकार छिट-पुट प्रयासों की कुछ उपयोगिता तो है, लेकिन औद्योगिकीकरण और आधुनिकता की अंधीदौड़ में ये सभी प्रयास नक्कारखाने में तूती की आवाज जैसे सिद्ध होते हैं। आवश्यकता है

कि हम एक ऐसा अभियान आरंभ करें, जिसमें हमारी संपूर्ण ग्राम्य व्यवस्था के स्वावलंबन को पुनः स्थापित करने के लिए एक व्यापक समरनीति तैयार हो। भारत जैसा देश यूरोप के पश्चिमी देशों के मॉडल पर विकसित नहीं हो सकता है। यूरोपीय देशों की भौगोलिक और जलवायु संबंधित सीमाएँ उन्हें एक ऐसा समाज बनाने के लिए मजबूर करती हैं, जिसमें स्वावलंबी ग्राम का विकास होना संभव नहीं रहता। सच तो यह है कि भारत अमरीका और कनाडा जैसे देशों से विशाल देशों की नीतियों को अपनाकर भी विकसित नहीं हो सकता। अमरीका का क्षेत्रफल भारत से पाँच गुना से भी अधिक है, जबकि आबादी पाँचवें भाग से भी कम है। इसलिए यह संभव ही नहीं है कि हम ठीक उसी प्रकार की अर्थव्यवस्था अपनाकर सफल हो जाएँ, जो अमरीका ने अपने विकास क्रम में विकसित की। हम जापान की भी नकल नहीं कर सकते, जिसके पास भूमि बहुत कम है और आबादी उसकी तुलना में बहुत अधिक है। हर देश को दरअसल अपनी ही परिस्थितियों और आवश्यकताओं के अनुसार विकास का रास्ता चुनना होता है। प्रकृति ने हमें वह रास्ता दिया है। भारत में ही प्राकृतिक संसाधनों का विपुल भंडार है। वनस्पति में जितनी प्रकार की प्रजातियाँ हमारे देश में पाई जाती हैं, उतनी ही पूरे यूरोप में नहीं पाई जाती। जलवायु की विविधता ही इस बात का संकेत करती है कि हमें वह रास्ता अपनाना चाहिए, जो प्रकृति के अनुकूल हो। स्पष्ट है कि नगर विकास के मायने ग्राम विनाश नहीं होना चाहिए और अगर गाँव पर आधारित सामाजिक व आर्थिक विकास का मार्ग अपनाना है तो गौवंश को उससे अलग नहीं रखा जा सकता। इसलिए आवश्यक है कि हमारे बुद्धिजीवी देश और समाज के दूरगामी विकास के लिए गंभीरता से पुनः विचार करें और अगर इस पुनः विचार से गाँव की अर्थव्यवस्था में जान फूँकी जाती है तो गौ–संरक्षण का उद्देश्य भी पूरा हो जाएगा।

□

मानस के दर्पण में कैलाश का स्फटिक

"केलर्योजलभूम्यो आसनम स्थिति यस्य केलासः स्फटिकम तस्याऽयम केलासः"

जल और भूमि के बीच स्थित होने के कारण जो स्फटिक समान है, वह कैलाश है।

"के शिरसि लास नृत्यम अस्मिन अति केलासः।"

जिस शिखर पर शिव-पार्वती का सदा नृत्य होता रहता है, वह कैलाश है।

"केलीनाम समूह कैलम तेन आस्यते स्थीयत इति केलासः।"

क्रीड़ाओं के समूह को केल कहते हैं और जहाँ सदा दैवीय क्रीड़ाएँ होती रहती हैं, वही कैलाश है।

प्राचीन मनीषियों ने कैलाश की भिन्न रूपों में व्याख्या की है, लेकिन हर व्याख्या में एक बात स्पष्ट है कि कैलाश को भारत में देवों की भूमि माना गया है, जिनमें शिव का महत्त्वपूर्ण स्थान है। यह भी कि कैलाश आनंद और उल्लास का क्षेत्र है, जहाँ पहुँचकर मन प्रफुल्लित हो जाता है। कैलाश शिखर की रचना ही कुछ इस प्रकार हुई है कि वह साक्षात् शिव का प्रतीक लगता है। शिखर पर सदा विद्यमान हिमराशि रजत मुकुट की तरह रहती है। भारतीय ही नहीं, तिब्बती भी इसे 'कडरिंपोछे', यानी पवित्र हिम कहते हैं। इसी की परिधि के पास मानसरोवर है, जिसे प्राचीन शास्त्रकारों ने राजहंसों का निवास माना है। भौगोलिक रूप से इसका जन्म हिमालय के शैशवकाल में ही हुआ। इसलिए इसकी आयु का अनुमान चालीस लाख वर्ष आँका गया है। अपने

पूर्ण विस्तार में इसका क्षेत्रफल लगभग दो सौ मील होता था, लेकिन अब विकास की धुन ने इसके विस्तार को भी प्रभावित कर दिया है।

माना जाता है कि हिमालय कभी समुद्र तल में था, यानी इस महान् पर्वत शृंखला का जन्म ही सागर तल से हुआ। इसीलिए वृहत् हिमालय में भी ऐसे अवशेष मिलते हैं, जो केवल समुद्र में ही हो सकते थे। मानसरोवर में भी ऐसे समुद्रीय पुरावशेष मिले हैं।

कैलाश क्षेत्र को तिब्बती और हिंदू, दोनों अत्यंत पवित्र और दैवी आभा युक्त क्षेत्र मानते हैं। भारतीय साहित्य में कैलाश और मानसरोवर का कहीं काव्यात्मक चित्रण है तो कहीं भक्तिपूर्ण। कालिदास के मेघदूत में यक्ष मेघ से कहता है, ''तुम कैलाश पर्वत पर जाना, जिसके प्राण रावण ने हिला दिए थे, जो देवताओं के दर्पण के समान है। यह पर्वत शुभ्र कुमुदों की तरह अपने श्वेत शिखरों को आकाश में ऐसे फैलाए हुए है कि लगता है कि शिव का अट्टाहास एक ही स्थान पर इकट्ठा हो गया हो।'' रावण ने अपना सिर काटकर उसका सितार बनाया और तांडव नृत्य का संगीत बजाने लगा। यह संगीत शिव को बहुत प्रिय है और उन्होंने प्रसन्न होकर रावण को वर दे दिया। यह भी कथा है कि महाराज मांधाता ने मानसरोवर को देखकर वहीं पर्वत पर तपस्या की, जिसे बाद में मांधाता पर्वत कहा जाने लगा। तिब्बती में इसे गुरिल्ला मांधाता कहते हैं। तिब्बती पुराण के अनुसार कैलाश का प्रमुख देवता व्याघ्र चरम का परिधान और नरमुंडों की माला पहनता है। उसके हाथों में डमरू और त्रिशूल है। पीछे एकाजती नामक देवी बैठी होती हैं। इस विश्वास में हिंदू पुराणों का प्रभाव साफ दिखाई देता है। बाद के किसी युग में तिब्बती यह भी मानने लगे थे कि कैलाश के दक्षिण में वानरराज 'हनुमानजू' भी विराजमान हैं। रावण की पौराणिक कथा का तिब्बती रूप है कि गोंबोंफेङ नामक राक्षस कैलाश को ले जाने के लिए उसे उठाने का प्रयास करने लगा, लेकिन कैलाश के देवता ने उसे शाप देकर शिला में बदल दिया। कैलाश के पश्चिम में गोंबोंफेङ पर्वत वही राक्षस है।

तिब्बतियों के अनुसार मानसरोवर के पश्चिम में लङ्चेन खम्ब-हस्ति

मुखी नदी, यानी सतलुज, उत्तर में सिंह मुखी सिंधु, पूर्व में अश्वमुखी नदी, यानी ब्रह्मपुत्र और दक्षिण में मयूरमुखी करनाली का उद्‌गम है। यद्यपि ये नदियाँ ठीक मानसरोवर से नहीं निकलतीं, लेकिन प्राचीन काल से इस पूरे क्षेत्र को मानस क्षेत्र ही माना गाया है, इसलिए इन सारी नदियों के स्रोत मानस क्षेत्र में ही हैं। सबसे पहले भारतीय साधु प्रणवानंद ने ही मानसरोवर की नदियों का आधिकारिक ब्योरा दिया। स्वामी प्रणवानंद ने कई बार मानस क्षेत्र की यात्रा की और उसका अध्ययन जाड़ों में भी किया। उनकी जानकारी को बाद में ज्योग्राफिक सोसाइटी ने भी स्वीकार कर लिया। स्वामीजी ने दिखाया है कि मानसरोवर से जितना पानी राक्षस ताल में जाता है, उतना वहाँ से बाहर नहीं निकलता। इसका अर्थ है कि राक्षस ताल से पानी अंतरवाहिनियों के माध्यम से बाहर आता है, जो अंत में कुछ नदी-नालों के रूप में बह निकलता है। इसलिए मानस को ही इन नदियों का उद्‌गम मानने में कोई आपत्ति नहीं होनी चाहिए।

पारंपरिक परिक्रमा में मानसरोवर के अतिरिक्त कैलाश खंड में गौरी कुंड और रावण ताल के दर्शनों का भी धार्मिक महत्त्व है। गौरी कुंड कैलाश के पूर्व में एक दर्रे डोलमा ला के नीचे एक सुंदर सा सरोवर है, जो प्राय: जमा ही रहता है। यात्री बर्फ तोड़कर ही थोड़ा सा पानी प्राप्त कर सकते हैं। एक तिब्बती कथा है कि कभी एक महिला ने अपने बच्चे को लेकर परिक्रमा के दौरान कुंड में से झुककर पानी लेने का प्रयास किया। बच्चा गोद से खिसककर पानी में गिरकर डूब गया। तब से गौरी कुंड सदा जमा ही रहता है, ताकि फिर से ऐसी कोई दुर्घटना न हो। रावण ताल को रावणह्रद, राक्षस ताल आदि नामों से भी पुकारा जाता है। यह वास्तव में मानसरोवर का ही विस्तार लगता है। तिब्बती भी इसे लड्गक छो, यानी लंकापति का सरोवर कहते हैं। यह संभव है कि दोनों ताल प्राय: ऐतिहासिक युग में एक ही सरोवर रहे हों, जो बाद में भू-गर्भीय हलचल के कारण अलग हो गए हों। दोनों के बीच एक ही पर्वत श्रेणी है। राक्षस ताल की विशेषता है कि इसमें कई सुंदर द्वीप हैं। दोनों तालों को मिलानेवाली नदी का नाम है गंडा छू। दरअसल जब मानसरोवर में पानी

बढ़ जाता है तो अतिरिक्त पानी राक्षस ताल में चला जाता है। इसलिए राक्षस ताल को भी पवित्र माना जाता है। भारतीय संस्कृति में कैलाश मानसरोवर का धार्मिक महत्त्व तो निर्विवाद है, लेकिन भारत की आर्थिक संपन्नता में मानस खंड के महत्त्व को नकारा नहीं जा सकता है। वास्तव में केवल अपने नैसर्गिक सौंदर्य के कारण ही यह क्षेत्र साधकों और मुनियों के लिए आकर्षण का स्थान नहीं रहा है। इसे देवत्व से अलंकृत करने के पीछे इसका आर्थिक महत्त्व भी है। भारत की चार प्रमुख नदियाँ और दर्जनों छोटी नदियाँ इसी क्षेत्र से निकलती हैं। वास्तव में जब हिमालय को पयोधि कहा गया तो इसीलिए कि यह हमारे जल का भंडार रहा है। इसी जल के कारण उत्तर भारत का गंगा-यमुना मैदान हरा-भरा है। अगर हिमालय से पानी नहीं मिले तो उत्तर से पूर्व तक भारत बंजर देश बन जाएगा। हमें याद रखना होगा कि हिमालय की बड़ी नदियों में केवल गंगा ही इस पार से निकली है। सतलुज, सिंधु और ब्रह्मपुत्र मानस क्षेत्र की ही देन हैं। जहाँ जल है, वहीं तीर्थ है और जहाँ तीर्थ है, वहीं देवता का वास है। मानसरोवर के साथ किसी भी छेड़छाड़ का हम पर दुष्प्रभाव पड़ सकता है। संभवतः प्राचीन मनीषियों ने इस तथ्य को महसूस किया था। साफ है कि तिब्बत का दूसरों के अधिकार में रहना केवल एक बंजर इलाके का चला जाना ही नहीं है, अपने विरल साधनों का खो जाना भी है।

□

खंड : चार

संत, योगी, दार्शनिक और बुद्ध

सेवा योग के महायोगी

जब राधाकृष्णन सोवियत संघ में भारत के राजदूत थे तो सोवियत संघ पर स्टालिन का एकछत्र राज था। सोवियत अधिनायक की दृष्टि में भारत एक सामंती देश है, जहाँ की समाज व्यवस्था ही नहीं, वहाँ का धर्म भी गरीबों को कुचलता है। वे भारत और भारतीय सभ्यता को इतना मानव विरोधी मानते थे कि उन्हें लगता था कि अंग्रेजों का शासन उस दमनकारी व्यवस्था को नष्ट करने के लिए आवश्यक है। साम्यवादियों के अनुसार ब्रिटिश शासन भारत को सभ्य बनाने के लिए अनिवार्य प्रशिक्षण अवधि है। ऐसे में जब भारत स्वतंत्र हुआ तो स्टालिन दुनिया के चंद राजनैतिक नेताओं में थे, जो मानते थे कि आजादी भारत के लिए विनाश का कारण बनेगी, क्योंकि भारतीय समाज में स्वतंत्रता की पात्रता ही नहीं है, लेकिन फिर भी कुछ बातों से उन्हें आश्चर्य होता था। उन्हें ये विसंगतियाँ ही लगती थीं। जब डॉक्टर राधाकृष्णन को राजदूत बनाकर भेजा गया तो यही उम्मीद रही होगी कि वे भारत की इस तसवीर को बदलने में सफल होंगे। स्टालिन राधाकृष्णन की दार्शनिक बातों को पचा तो नहीं पाते थे, लेकिन राजदूत के ज्ञान से अभिभूत अवश्य थे। स्टालिन ने एक बार भारत के एक विरोधाभास के बारे में राधाकृष्णन से पूछ ही लिया। उन्होंने सुना था या कहीं पढ़ा था कि भारत में एक धार्मिक संत अकसर गरीबों की बातें करते हैं और दीन-दुखियों के अधिकारों की माँग करते हैं, वे बंगाल के हैं, जिसे स्टालिन साम्यवाद के लिए अनुकूल भूमि मानते थे।

सोवियत अधिनायक जानना चाहते थे कि ऐसा कैसे हो सकता है कि सामंतवादी हिंदू समाज का एक संन्यासी गरीबों के शोषण को छोड़कर उनकी प्रगति और मुक्ति की बातें करता हो। यह उनके लिए एक विरोधाभास ही था, क्योंकि साम्यवादियों के लिए धर्म गरीबों के लिए एक अफीम है, जिसके नशे में वे अपना भला-बुरा ही भूल जाते हैं। वे जिस संन्यासी के बारे में पूछ रहे थे, वे थे स्वामी विवेकानंद। राधाकृष्णन के शंका समाधान के बाद स्टालिन का दृष्टिकोण बदला कि नहीं, लेकिन फिर कभी राधाकृष्णन से कुछ नहीं पूछा। सेवा को अपनी साधना का माध्यम माननेवाले संतों में विवेकानंद शायद एकमात्र संत नहीं थे। उनके समय में और उनसे पहले भी कई साधुओं और संतों ने सेवा कार्य में ही अपनी आध्यात्मिक यात्रा का मार्ग पाया था। स्पष्ट है कि सेवा उपेक्षित की ही की जाएगी। उसकी, जिसके पास जीवनयापन के साधन नहीं, जिसे समाज में वंचित रखा गया हो और जो प्रताड़ित व शोषित हो। सेवा केवल किसी के प्रति सहानुभूति ही नहीं है और न वह केवल दया है। यह धर्म का वह रूप है, जिससे अपने से कमजोर और वंचित के प्रति ममत्व की अनुभूति हो जाती है। इसे प्रतीकात्मक रूप से कहा गया है कि दीन में ही भगवान् के दर्शन करना ही सेवा है। यह तात्कालिक या अस्थायी कर्म या अनुभूति नहीं है, अपना जीवन जीने का पूरा दर्शन है। मंदिर में वर्ष में एक या दो दिन भक्तों को खाना खिलाना या किसी दिन भिखारियों को वस्त्र दान करना भी सेवा है, लेकिन वह साधना नहीं हो सकती। सेवा मनुष्य का जीवनपर्यंत स्वभाव बन जाए तो ही इसे साधना कहते हैं। यह एक योग साधना है, जिसमें योगी जीता है और जो अपने आप ही साध्य भी है। भारतीय धर्म दर्शन में सेवा धर्म का यही रूप मिलता है, लेकिन यूरोपीय जातियों ने जिस प्रकार भारत के इतिहास को मनमाने ढंग से लिखा और सारी दुनिया को समझाया, उसी तरह धर्म दर्शन का विकृत रूप ही सामने रखा। दरअसल आरंभिक पश्चिमी लेखकों के लिए भारतीयता को समझना आसान नहीं था, क्योंकि ईसा की करुणा और दीन के प्रति दयाभाव के बावजूद चर्च कुछ ही समय में अधिनायकवादी संस्था का रूप ले बैठा था। यूरोप की शासन

व्यवस्था और नागरिक अधिकारों की लड़ाई दरअसल चर्च के साथ ही थी। चर्च से मुक्ति ही लोकतांत्रिक प्रणाली का आधारभूत शक्ति बन गई थी। इसलिए धर्म का जो रूप उनके सामने था, उसी के अनुरूप उन्होंने भारतीय धर्म की भी कल्पना कर डाली।

गुलामी के दौर में जो विकृतियाँ हमारे समाज में पैदा हो गई थीं, उन्हीं को वे सार समझ बैठे और भीतर तक जाने की न तो उनमें क्षमता थी और न इच्छा। घोर जातीय आग्रह और कर्मकांड के बिगड़े स्वरूप को ही वे हिंदू धर्म मानने लगे। यह आरंभिक लेखकों का अज्ञान था, लेकिन शासकों के साथ आए लेखकों ने इसे जान-बूझकर प्रचारित किया, क्योंकि उन्हें यहाँ के समाज का स्वाभिमान और आत्मविश्वास नष्ट करना था। तभी वे हम पर शासन कर सकते थे। विवेकानंद पहले संत थे, जिन्होंने न केवल पश्चिम में भारतीय सभ्यता का प्रचार किया, अपितु पश्चिम को उस समाज में रहकर समझने और पहचानने का प्रयास किया। वे उनकी शक्ति और कमियों को उसी प्रकार समझ गए, जिस प्रकार उन्होंने अपने समाज की कुरीतियों को समझा था। वे अपनी मुक्ति में नहीं लगे। उन्होंने समाज के मनुष्य के रूप में अपने आराध्य को पहचाना था, इसलिए वे लौटे अपने ही समाज में, उसी की सेवा के लिए। विवेकानंद ने विदेशों में भारत की छवि तो बदली ही, अपने समाज का आत्मविश्वास लौटाने का आधार भी तैयार किया। हमारी राष्ट्रीयता की अभिव्यक्ति में विवेकानंद का योगदान तिलक और अरविंद की तरह गहन और व्यापक रहा है।

□

योगी अरविंद की भविष्य दृष्टि

यह संयोग की बात है कि जिस तिथि को महर्षि अरविंद का जन्म हुआ, उसी तिथि, यानी पंद्रह अगस्त को कई दशक बाद भारत को स्वतंत्रता मिली, लेकिन अरविंद ने उस स्वतंत्रता का सपना नहीं देखा था, जो 1947 में हमें मिली। उनकी स्वतंत्रता गुलामी की भावना से, आत्मग्लानि और परावलंबन की प्रवृत्ति से मुक्ति थी, केवल सत्ता हस्तांतरण की नहीं। उन्होंने देश की स्वतंत्रता के बाद देह त्याग किया। वह कुछ ही वर्षों में जान गए थे कि भारत से अंग्रेज तो गए, लेकिन अंग्रेजियत को भारत में स्थापित करके गए। वे समझ गए थे कि सामाजिक और सांस्कृतिक स्वतंत्रता का सपना अधूरा रह गया था, लेकिन उनका मानना था कि वास्तविक आजादी आएगी, क्योंकि 'युगों पुराना भारत मरा नहीं है, उसने अपना अंतिम संदेश नहीं सुनाया है। भारत को अभी बहुत कुछ करना है, अपने लिए और पूरी मानवता के लिए।' अरविंद को विश्वास था कि 1947 में जो दौर आरंभ हुआ है, वह एक अंतरिम काल ही है, एक अनुभव, जिससे भारत के लोगों को गुजरना ही होगा। इसमें शायद लगभग एक सदी भी लग सकती है, लेकिन इक्कीसवीं सदी भारत की सदी होगी, जब अपने अनुभवों के आधार पर भारत फिर से अपने मूल की ओर लौटेगा, जो उसका वास्तविक आधार है। उनके अनुसार अध्यात्म ही भारत का प्राण है और उसकी सारी गतिविधियों का मूलाधार है। भारत की आध्यात्मिकता ही उसे फिर से विश्व में प्रतिष्ठित बना देगी। हिंदू धर्म को वह सामान्य धर्म नहीं मानते थे, अपितु 'यह मानव सभ्यता का प्रथम और शाश्वत धर्म है, जिसमें विश्व के सभी धर्म समाहित हैं।' इसी कारण इसे सनातन कहा जाता है। इस

मायने में यह केवल भारत का धर्म नहीं, समस्त मानव जाति का ही धर्म है।

अरविंद की ये बातें किसी साधु-संन्यासी या महंत का बड़बोलापन नहीं था, वह इस नतीजे पर जीवन के सभी आयामों को जान-परखकर पहुँचे थे। वैसे तो भारत से इंग्लैंड जाकर शिक्षा पानेवाले बहुत से भारतीय थे। कई राजकुमारों ने और खानदानी पैसेवालों ने विदेश में महँगी शिक्षा पाई थी। हमारे कुछ राजनीतिक भी विदेश में ही अंग्रेजी शिक्षा प्राप्त कर चुके थे, वहाँ की जीवन प्रणालियों से परिचित हो चुके थे। बहुतों ने वहाँ के धर्म दर्शन का भी ज्ञान प्राप्त किया था। हमारे पहले प्रधानमंत्री जवाहरलाल नेहरू भी उनमें से एक थे, लेकिन जहाँ नेहरू पाश्चात्य सभ्यता और संस्कृति से अभिभूत होकर देश में आए, वहीं अरविंद पश्चिम के मर्म को समझने के पश्चात् इस नतीजे पर पहुँचे कि भारत की सभ्यता और संस्कृति ही सर्वश्रेष्ठ है और इसी में भारत का कल्याण निहित है।

वेद, उपनिषद्, पुराण और वेदांगों का गहन अध्ययन करने के साथ उन्होंने पश्चिमी दर्शन की विशेषताओं का भी अध्ययन किया था। आधुनिक दर्शन के कुछ विशेष बिंदुओं को स्वीकार करते हुए, जो जिज्ञासाएँ उनके मन में उठीं, उनका उत्तर उन्हें भारतीय दर्शन में ही मिला। इसी आधार पर अरविंद ने जिस दार्शनिक चिंतन का श्रीगणेश किया, उसे कई पाश्चात्य विद्वानों ने भी सराहा। मीरा अल्फास्सो नाम की महिला तो उनके चिंतन से इतनी प्रभावित थी कि वह घर-बार छोड़कर उनकी शिष्या बन गई। यही बाद में पांडिचेरी में माँ के नाम से प्रसिद्ध हुई। बंगाल में भारत को स्वतंत्र कराने के लिए चल रहे क्रांतिकारी आंदोलन में सक्रिय भाग लेने के कारण, वे शीघ्र ही अंग्रेजों की नजर में आ गए और फिर उनके भागने-छिपने के दिन आरंभ हो गए। इसी दौरान उन्हें महसूस हुआ कि इस देश को पूरी तरह समझने के लिए उन्हें पर्याप्त समय ही नहीं मिला और बिना उसके देश की आजादी के सारे आयाम उनके सामने नहीं खुल पाएँगे। यही एकांत पाने के लिए उन्होंने पांडिचेरी में अपना निवास बनाया। पांडिचेरी अंग्रेजों के शासन में नहीं था। वह एक फ्रेंच उपनिवेश था। यहीं से अरविंद की आध्यात्मिक साधना और दार्शनिक यात्रा

आरंभ हुई। वे बहुआयामी व्यक्तित्व के धनी थे और अपने बहुविध अध्ययन के अनुरूप ही उन्होंने जो लिखा, वह भी विविध ही है। दर्शन के अतिरिक्त उन्होंने अध्यात्म के कई आयामों पर भी लिखा और भारतीय इतिहास पर भी।

अतीत और वर्तमान की गहराइयों में जाने के बाद ही किसी को भविष्य में देखने की पात्रता आती है। अरविंद चंद ऐसे चिंतकों में से थे, जो संसार छोड़कर अपने मोक्ष को पाने में विश्वास नहीं करते थे। उस समय के महंतों और प्रवचनकर्ताओं को देख-सुनकर उनको लगा था कि वे शायद ही कभी वह लक्ष्य पा सकेंगे, जिसका वे दावा कर रहे हैं। 'उनको देखकर मुझे कभी लगता था कि ईश्वर हँसना जानता ही नहीं होगा।' इस कटाक्ष के पीछे यही भाव छिपा था कि अध्यात्म की साधना में जो आनंद महसूस होना चाहिए, वह अगर नहीं हो रहा है तो वह केवल एक अनुष्ठान भर है। अरविंद साधना को अंतर के व्यक्तित्व को जाग्रत् करने का अनुशासन मानते थे। मनुष्य, उनके अनुसार, केवल तन नहीं है, उसके भीतर वह अंतरात्मा भी है, जो चेतन है और जो मनुष्य का अपने आपसे परिचय कराती है। अध्यात्म के आनंद के कारण ही वे इस तर्क को नहीं मानते थे कि जगत् केवल माया ही है। वे जगत् से भागने को ही संन्यास नहीं मानते थे। आपके भीतर निहित अंतरात्मा ही पवित्र ब्रह्म है। उन्हें लगता था कि अंग्रेजों की दो सौ साल की गुलामी और उससे पहले हजार साल की पराजित अवस्था के कारण भारत-राष्ट्र सुप्तप्राय हो गया है। उसकी नींद जब खुलेगी तो वह अपनेपन को खोजेगा। यहीं से उसके पुनरोदय का आरंभ होगा। यद्यपि वे आर्य शब्द का काफी उपयोग करते थे, लेकिन अरविंद आर्य को किसी जातिवाचक प्रसंग में नहीं लेते थे। अपने लेखों में तो उन्होंने तमिल में भी संस्कृत के मूल आधार को खोजा। वे भारतीय जन को आर्य और अनार्य के खाँचों में नहीं बाँटते थे। पंद्रह अगस्त को उनका जन्मदिन हमें स्मरण दिलाता है कि आजादी का जो सपना वे देखते थे, वह अभी अधूरा ही है और इसे याद करना आवश्यक है, क्योंकि वह सपना करोड़ों भारतीयों का भी रहा है।

□

शंकराचार्य आज भी प्रासंगिक हैं

भारत में कुछ संत और आचार्य ऐसे रहे हैं, जो न केवल अपनी साधना के लिए पूजनीय बने या अपने ज्ञान के लिए विख्यात हुए, अपितु देश को अखंड रखने और राष्ट्र में सांस्कृतिक एकता बनाने के लिए भी सदियों तक स्मरणीय बन गए हैं। ऐसे राष्ट्रीय संत-आचार्यों में आदि शंकराचार्य सदा भारत की स्मृति में अमर रहेंगे। शंकराचार्य एक महान् आचार्य थे, जिन्होंने वेदों के ज्ञान को अपनी दार्शनिक दृष्टि देकर पूरे भारत के कोने-कोने में फैलाया। शंकर दिग्विजय किसी राजा की विजय यात्रा नहीं थी, एक संन्यासी की ज्ञान प्रसार यात्रा थी, ज्ञान विजय थी। शंकर एक ऐसे संत थे, जिन्होंने बचपन से ही संन्यास धर्म का पालन किया। इसीलिए यह मान्यता बन गई कि वे एक अवतारी पुरुष थे, जो दैवीय आदेश के अंतर्गत विश्व में अवतरित हुए। शंकराचार्य ने बचपन से ही महसूस किया था कि उपासना पद्धति की स्वतंत्रता का दुरुपयोग करते हुए भारत में धर्म की मौलिक व्याख्या को ही बदला जा रहा है। लोग बाहरी रूप और वेश के आधार पर ही धर्म की व्याख्या करते हैं और उसी के लिए मरने-मारने पर उतारू हो जाते हैं। उन्हें इस बात का कष्ट था कि पंथों के आग्रहों के कारण वैदिक ज्ञान की धारा भी विषाक्त हो रही है। इस सबका लाभ विदेशी शक्तियाँ उठा रही हैं। शकों और हूणों के आक्रमण हो रहे हैं। उन्होंने संन्यास लेते ही फिर से वैदिक ज्ञान का प्रसार करने की प्रतिज्ञा कर ली थी। इस संसार में जन्म लेने का उनका उद्‌देश्य ही यही था।

उन्हें लगा कि केवल सांस्कृतिक एकता से ही भारत की अखंडता स्थापित हो सकती है, लेकिन सांस्कृतिक एकता कैसे संभव होगी, जबकि देश बौद्धों, वैष्णवों और शैवों में बँटा हुआ था और कोई पंथ दूसरे को सहन करने को तैयार नहीं था। शंकर समर्थ थे, ज्ञानी थे, कृतसंकल्प थे; लेकिन इस विशाल देश का कायाकल्प किसी एक व्यक्ति का काम नहीं हो सकता था, क्योंकि मनुष्य काया की एक सीमा होती है। इसलिए उन्होंने तीन बातों का निश्चय कर लिया। पहला निश्चय था कि वे पूरे भारत वर्ष की यात्रा करेंगे और इस देश की जनता और महान् विद्वानों से साक्षात्कार करेंगे। राष्ट्र की इस पहचान के बिना उसे बदलना संभव नहीं था। दूसरा संकल्प था कि उन्हें ऐसे प्रतिभावान आचार्यों की आवश्यकता है, जो उनके संदेश को कोने-कोने में फैला सकें। साधारण शिष्यों के ही आधार पर रूढ़ियों को तोड़ना आसान नहीं होगा। इसलिए उन्होंने ऐसे शिष्यों की तलाश आरंभ कर दी। उन्हें मालूम था कि जिन विद्वानों की उन्हें आवश्यकता थी, उनके सामने अपनी योग्यता का प्रमाण देना होगा। इसी के निमित्त वे देश भर में सभी आचार्यों को चुनौती देते हुए अपने मत को प्रतिपादित करने के लिए निकल पड़े। उनका पहला लक्ष्य कुमारिल भट्ट थे, जो महान् संत और ज्ञानी थे, लेकिन कुमारिल भट्ट को वे संन्यास लेने के लिए नहीं मना सके, क्योंकि उन्होंने पहले ही किसी अपराधबोध के कारण प्रायश्चित्त करने की प्रतिज्ञा कर ली थी। वे आत्मदाह के लिए तत्पर थे, लेकिन जाने से पहले उन्होंने शंकर को मंडन मिश्र के बारे में बताया कि वे उस प्रकार के आचार्य हैं, जिसकी शंकर को तलाश है।

मंडन मिश्र ने शंकर का नाम सुना ही नहीं था। वे इस अल्पायु के संन्यासी के बिन बुलाए प्रवेश से कुपित हुए, लेकिन जब शंकर ने कहा कि उनसे शास्त्रार्थ करने आए हैं, तो कौतूहलवश ही उन्होंने चुनौती स्वीकार कर ली, लेकिन कई दिन तक चलनेवाले इस वाद-विवाद के अंत पर जब मंडन मिश्र ने पराजय स्वीकार कर ली तो उनकी पत्नी से रहा नहीं गया।

उन्होंने कहा कि महाशय हम पति-पत्नी हैं, मैं इनकी अर्धांगिनी हूँ। जब तक आप मुझे पराजित न करें, तब तक आपकी जीत अधूरी ही है। शंकर ने चुनौती स्वीकार कर ली। शंकर से दांपत्य जीवन से संबंधित प्रश्न पूछा गया, लेकिन शंकर को इसका कोई अनुभव नहीं था, वे तो बाल ब्रह्मचारी थे। उन्होंने कहा कि देवी मुझे इस बात का अनुभव नहीं है, मैं अनुभव प्राप्त करने के बाद ही इसका उत्तर दे सकता हूँ। वे चले गए और एक राजा के मृत शरीर में प्रवेश किया। राजा की ही तरह भोग-विलास में रहने लगे। अवधि समाप्त होने पर जब उन्हें बोध हुआ कि वे किसलिए इस काया में हैं तो वापस अपने रूप में आए और मंडन मिश्र के घर पहुँचकर उनकी पत्नी के प्रश्न का उत्तर दिया। पत्नी ने भी पराजय स्वीकार कर ली और दोनों ने संन्यास ले लिया। मंडन मिश्र ही कांची के पहले मठ के मठाधीश नियुक्त हुए।

शंकर का तीसरा संकल्प था कि वे मत-मतांतरों के बीच खाई बढ़ाने के बदले उसे पाटने का काम करेंगे। ऐसा वे दूसरों के मतों को काटते हुए भी उनके विश्वासों पर चोट न करने से ही कर सकते थे। वे कहते कि विष्णु अगर सर्वशक्तिमान हैं तो वे परमब्रह्म ही होंगे। इसी प्रकार अगर शिव ही देवाधिदेव हैं तो वे भी परम ब्रह्म ही हो सकते हैं। ऐसी अवस्था में शैव भी उसी को पूजते हैं, जिसे वैष्णव पूजते हैं। जब तक हम मान लें कि ईश्वर एक है और हमारी आत्मा के रूप में हमारे भीतर वास करते हैं, तब तक इस बात से कोई अंतर नहीं पड़ता कि हम उन्हें किस रूप में पूजते हैं। वे पंथों की मौलिक एकता पर जोर देते और एक सर्वमान्य संस्कृति के लिए आधार बना रहे थे। देश के चार धामों में चार मठ स्थापित करने का उद्देश्य भी यही था। जातियों के बीच वैमनस्य तोड़ने और छुआछूत को समाप्त करने के लिए शंकराचार्य और चांडाल का प्रसंग महत्त्वपूर्ण है। काशी में शंकर का एक चांडाल से आमना-सामना हुआ। शंकर पहले के संस्कारों के कारण उससे बचना चाहते थे, लेकिन बचने का रास्ता नहीं

था, इसलिए उसे हटने को कहा। चांडाल ने पूछा—किससे बचना चाहते हो, अन्नमय काया से या कि आत्मा को आत्मा से दूर करना चाहते हो। शंकर को अपनी भूल का ज्ञान हो गया। शंकराचार्य ऐसे आचार्य और संत थे, जो आज भी हमारे लिए प्रासंगिक बने हुए हैं।

□

भारतीय संस्कृति के रक्षक थे महात्मा बुद्ध

गौतम बुद्ध ऐसे ऐतिहासिक संधिकाल में पैदा हुए थे, जब भारत आस्था और अनास्था के चक्रव्यूह में गंभीर रूप से फँस गया था। पुराने मूल्यों को इतना विकृत कर दिया गया था कि उनके मौलिक और शुद्ध रूप से भी लोगों की आस्था हटने लगी थी। नैतिक पतन और हिंसा को भी धार्मिक आवरण पहना दिया गया था। समाज दो प्रकार की विसंगतियों के बीच झूल रहा था और विषमता एवं अन्याय की पकड़ मजबूत हो रही थी। एक ओर वैदिक रीतियों के नाम पर हिंसा का भरपूर प्रचार होने लगा था और पशु बलि आम वैदिक कर्म बना दिया गया था। 'वैदिकी हिंसा, हिंसा न भवति' का तर्क चल पड़ा। अनुष्ठानों और यज्ञ के नाम पर आडंबर पनप रहा था। वर्ण व्यवस्था इतनी विकृत हो चुकी थी कि निम्न वर्गों की समाज में कोई सुरक्षा और समता नहीं थी। दूसरी ओर विद्रोहियों का एक ऐसा वर्ग विकसित हो रहा था, जिसने धर्म और आस्था की चूलें ही हिला दी थीं। यह वर्ग वैदिक ब्राह्मणों के विरुद्ध बगावत का झंडा खड़ा कर रहा था। इस वर्ग के आचार्यों ने तो धर्म और अध्यात्म को ही नकार दिया और विश्व को पूरी तरह एक भौतिक सत्ता ही घोषित कर दिया।

यह विश्व केवल भौतिक सुख भोगने का स्थान है और जहाँ तक संभव हो, सुख भोगना ही मनुष्य का काम है। इसके लिए साधन की शुद्धता का तर्क ही व्यर्थ है, साधन तो कोई भी हो सकती है। विश्व एवं ब्रह्मांड को केवल

भौतिक बतानेवाले और केवल भौतिक उद्देश्यों को साध्य मानने वाले सबसे बड़े मनीषी चार्वाक संभवतया विश्व के पहले भौतिकवादी दार्शनिक थे। दरअसल यह ऐसा युग था, जिसमें दोनों तरह के विचारक इस बात में समान थे कि सुख भोगने के लिए हिंसा एक सार्थक साधन है। अंतर केवल यह था कि एक वर्ग अपने हिंसक कामों के लिए धर्म और ईश्वर की आड़ लेता था तो दूसरा वर्ग कहता था कि कर्म की शुद्धता के लिए किसी के अनुमोदन की आवश्यकता ही नहीं, क्योंकि मनुष्य के अतिरिक्त ऐसी कोई सत्ता है ही नहीं। जब तक जीवित है, तब तक अपनी कुशलता से ऋण लेकर किसी भी तरह सुख भोगा जा सकता है (ऋण लेकर घी पियो)। मरने के बाद कोई हिसाब लेनेवाला है ही नहीं। मरण ही मुक्ति है तो चिंता क्या। दोनों ओर से समाज टूट रहा था, बिखर रहा था।

अपनी साधना यात्रा में बुद्ध ने यह महसूस किया था कि धर्म के नाम पर जो अन्याय, हिंसा और विषमता चल रही है, उसकी स्वाभाविक प्रतिक्रिया सभी नैतिक, आध्यात्मिक और धार्मिक मान्यताओं से विरक्ति होना ही होगी। चार्वाक और अन्य पाँच भौतिकवादी चिंतकों का उदय और लोकप्रियता उसी प्रतिक्रिया का नतीजा है। वे किसी ऐसे मार्ग की तलाश में थे, जो दोनों से समाज को मुक्ति दिलाए। उन्होंने मध्यम मार्ग चुना। बुद्ध ने नैतिक मूल्यों को सर्वोपरि रखा और उन्हीं के ताने-बाने से अपने धर्म मार्ग का निर्माण किया। हिंसा उनके अनुसार सबसे बड़ा पाप है और मानवीय विषमता का सबसे बड़ा साधन भी। हिंसा भले ही पशु बलि के रूप में हो, मनुष्य में हिंसक प्रवृत्ति ही पैदा करेगी और हिंसा किसी पशु के बारे में प्रयोग में लाई जाएगी, वहीं किसी मनुष्य के बारे में भी लाने की प्रवृत्ति विकसित होगी ही। इसलिए बुद्ध के लिए हिंसा के दो मापदंड नहीं थे, मानव के प्रति जो हिंसा पाप है, वही पशु-पक्षी के बारे में भी पाप ही है। उनकी दृष्टि में समस्त प्राणी-मात्र ही अहिंसा का अधिकारी है। अहिंसा श्रेष्ठ नैतिक मूल्य है, लेकिन क्या यह शरीर का धर्म है? अगर मानव केवल शरीर भर है जैसा कि चार्वाक मानते थे तो नैतिक मूल्यों का औचित्य क्या?

इस काया के अतिरिक्त भी कोई सत्ता है, जो काया को हिंसक या अहिंसक या नैतिक बनाती है, बनने की प्रेरणा देती है। बुद्ध ने आत्मा की सत्ता को स्वीकार कर लिया। भौतिकवादियों की तरह उनके लिए मरण ही मुक्ति नहीं थी। आत्मा अगर है तो वह अजर भी है और उसका पुनरागमन भी होता है। आत्मा के अमरत्व और पुनर्जन्म की प्राचीन भारतीय धारणाओं को बुद्ध ने स्वीकार किया, लेकिन उसके लिए उन्होंने अनुष्ठानों और आडंबरों से युक्त उस धर्म मार्ग को स्वीकार नहीं किया, जिसे उस युग के ब्राह्मण वैदिक धर्म कहने लगे थे। यह वैदिक धर्म प्राचीन वैदिक धर्म से बिल्कुल अलग था, जो सरल और सौम्य था और प्रकृति के अनुकूल था। बुद्ध जान चुके थे कि केवल शास्त्रार्थ करने से ही इसे सुधारा नहीं जा सकता था। शास्त्रार्थ करने से वे पीछे नहीं हटे, लेकिन वे समाज के उस वर्ग को उम्मीद का मार्ग दिखाना चाहते थे, जो शास्त्र की जटिलता और अनुष्ठानों की विषमता से त्रस्त था। इसलिए बुद्ध ने उन सब रीति-रिवाजों को त्याग दिया, जिनके आधार पर उस समय का धर्म टिका था। वे वेद को ज्ञान के रूप में मानते थे, उस समय के प्रचलित अनुष्ठानों के रूप में नहीं।

कुछ लोग बुद्ध को नास्तिक मानते हैं। इसके दो कारण हैं। उस समय आस्तिकता का अर्थ वेदों में विश्वास करना था। जो वेदों को नहीं मानता था, वह नास्तिक माना जाता था। बुद्ध को वेदों को मानने में कोई आपत्ति नहीं होती, लेकिन कर्मकांडी वर्ग ने वैदिक धर्म की जो व्याख्या की थी और आस्तिक होने की जो शर्तें थोपी थीं, वे बुद्ध को कदापि स्वीकार नहीं थीं। इसलिए उन्हें वेद निंदक, यानी नास्तिक घोषित करना आसान हो गया। दूसरा कारण है कि ईश्वर के बारे में वे मौन रहे। बुद्ध के सामने यह प्रश्न बहुत पहले ही आ चुका था। किसी ने किसी पक्षी को मार गिराया। पक्षी घायल होकर भूमि पर तड़पने लगा। गौतम ने उठाया और उसे सहलाने लगे, उसका उपचार करने का उपाय सोचने लगे। किसी ने कहा कि देखना चाहिए कि किसने मारा। बुद्ध का उत्तर था कि पहले इस प्राणी को पीड़ा से छुटकारा तो दिला दें, फिर जानने का प्रयास करेंगे कि मारनेवाला कौन था। बुद्ध के सामने

पीड़ा में तड़पते मानव को उस पीड़ा से मुक्ति का रास्ता दिखाना था। यही उनकी प्राथमिकता थी। इस मानव को किसने बनाया और इस विश्व में दर्द और दु:ख किसने पैदा किए, ये जिज्ञासाएँ महत्त्वपूर्ण हो सकती हैं, लेकिन बुद्ध के लिए प्राथमिक नहीं थीं। इससे यह मान लिया गया कि बुद्ध अनीश्वरवादी थे। बुद्ध और महावीर ऐसे महापुरुष थे, जिन्होंने भारतीय संस्कृति को उस कगार से वापस मोड़ दिया, जहाँ कुछ कदम आगे जाने के बाद विनाश ही था। जिस वैदिक और सनातन धर्म को भारतीय संस्कृति का अभिन्न अंग माना जाता है, उसे विलुप्त होने से बुद्ध जैसे मनीषियों ने ही बचाया।

□

कथा उनके लिए एक साधन मात्र है

कारावास से क्रांतियों का जन्म होता है। देवकी ने स्वयं भगवान् को कारावास में जन्म दिया था। बहुत से महान् ग्रंथ कारावास में ही पैदा हुए। सामान्य संसार से अलग और एकांत में आत्मा जाग्रत् होती है, मन की आँखें खुल जाती हैं। अनेक प्रकार के भावों का मंथन होने लगता है और इसी मंथन में से जन्म लेते हैं नए विचार और नई धारणाएँ। बंदी व्यक्ति का मन अंतरमुक्त हो जाता है तो उसका नया जन्म हो जाता है। ऐसे ही एक व्यक्ति का नया जन्म आपातकाल की कारा से हुआ। कोई नहीं जानता था कि उत्तर प्रदेश के एक सामान्य गाँव के सामान्य परिवार का एक लड़का लाखों लोगों का प्रिय और पूज्य हो जाएगा। ऐसा नहीं कि विजय कौशलजी महाराज में प्रतिभा अचानक कहीं बाहर आ गई। प्रतिभा उनके भीतर पहले से थी और वह उनकी आध्यात्मिक भावना और सामाजिक कार्यों में असाधारण लगाव में प्रकट भी होती रहती थी, लेकिन उसका बहुआयामी विकास केवल कारावास के एकांत में मन, की गहराइयों में जाने के पश्चात् ही हुआ। जेल से निकलने के पश्चात् उन्होंने सामान्य जीवन के बदले संन्यास का रास्ता चुन लिया, लेकिन उनका संन्यास समाज से भागना नहीं था, अपने उत्तरदायित्व से मुक्ति नहीं थी। वे तो सामाज के ही हो गए। उन्होंने समाज का वरण कर लिया। कहने को विजय कौशलजी एक रामकथा वाचक हैं, लेकिन उनकी कथा कभी भी प्रचलित कथा की सीमाओं में बँधी नहीं रह पाती। वह लीक से हटकर समाज के बहुत सारे गलियारों में घूमने लगती है, समाज के विभिन्न वर्गों की टोह लेती रहती है।

वे समाज की पीड़ा से पीड़ित होते हैं और उसके प्रति प्रेम उमड़ आता है। रामकथा के शाश्वत् रस प्रवाह के बीच महाराजजी के साथ समाज से संवाद करना श्रोताओं को अच्छा ही लगता है, मोह ही लेता है। उनके लिए यह कथा से भटकना नहीं, कथा के झरोखे से अपने ही भीतर झाँकना होता है। उनका रामकथा का मुख्य स्रोत गोस्वामी तुलसीदासजी का रामचरितमानस है। किसी ने कहा है कि रामचरितमानस एक जादू का पिटारा है, जिसमें हाथ डालो तो जो चाहोगे, वही निकलेगा। अनंत भावों और अनेक आयामों की इस कथा में कथावाचक यों भी जीवन के किसी भी पहलू को छू सकता है, लेकिन मुझे लगता है कि कौशलजी महाराज को तुलसी इसलिए भाये होंगे कि वे निस्पृह वैरागी नहीं थे। उन्होंने रामचरित 'स्वांत सुखाय' गाया-रचा था, लेकिन वे जानते थे कि वे जो कुछ लिख रहे हैं, वह समाज सापेक्ष है। वे आँख मूँदकर केवल ईश्वर भक्ति में लीन होना नहीं चाहते थे। उनकी आँखें खुली थीं और समाज की कुरीतियों और उसकी विसंगतियों से वे अविचलित नहीं रह सकते थे।

तुलसी कवि के साथ एक समाजसुधारक भी थे। भक्ति भी उनके लिए समाज के प्रति अपने दायित्व को पूरा कराने का साधन थी। वे सभी देवी-देवताओं को मानते थे, लेकिन राम ही उनके आराध्य थे, क्योंकि राम में उन्हें वे गुण दिखते थे, जो समाज को बदलने के लिए आवश्यक थे। उन्हें अन्याय के विरुद्ध लड़नेवाला योद्धा चाहिए। वे त्यागी और सत्यवादी नेता चाहते थे। उन्हें एक नायक की आवश्यकता थी, जो पतनशील समाज को प्रेरित कर सके। इसीलिए आधुनिक हिंदुत्व की सामयिक छवि तुलसी के ही काव्य में मिलती है। कौशलजी का व्यास पीठ एक निमित्त मात्र है। वे अपनी मुक्ति के लिए तपस्या करनेवाले विरक्त नहीं हैं। तुलसी की रामायण की कथाओं का आधार है, लेकिन महाकवि भी कौशलजी को नहीं बाँध सके हैं। व्यास पीठ पर आते ही वे सदा मीठी बोली बोलनेवाले कथावाचक ही नहीं रह जाते हैं। कभी व्यावहारिक मार्गदर्शक बनकर सामने आते हैं तो कभी सामाजिक कुरीतियों के कटु आलोचक का रूप धारण करते हैं। कभी तो एक क्रांतिकारी

नेता की तरह गरजा करते हैं और कभी वात्सल्यमय पिता का रूप धारण करते हैं। महत्त्वपूर्ण बात है कि उनकी कथा एक पक्षीय व्याख्यान नहीं होती, अपितु श्रोताओं के साथ एक संवाद होता है।

अकसर बड़े और सफल कथावाचकों के चारों ओर एक बड़ा आडंबर जुट जाता है। बड़े-बड़े आश्रम और बड़े संचालक मंडल। धीरे-धीरे संन्यासी का रूप कहीं छिप जाता है और केवल प्रचारक की भूमिका ही बची रह जाती है। लेकिन कौशलजी महाराज लोकप्रिय कथावाचक होने के बावजूद आज भी एक व्याकुल व्यक्ति ही दिखाई देते हैं। उन्हें लगता है कि जिस समाज में उन्होंने जन्म लिया, उसके लिए उन्होंने वह नहीं किया है, जो करना चाहिए। उन्हें लगता है कि उन्हें ईश्वर ने केवल रामायण की कथा करने के लिए नहीं भेजा है। उन्हें लगता है कि उन्हें सामाजिक बदलाव का निमित्त बनना चाहिए। यही उनका सही दायित्व है। यह उनका दिवास्वप्न नहीं है, अपितु कौशलजी महाराज को महसूस होता है कि वे सामान्य कथावाचक के दायरे से बाहर निकलकर बहुत कुछ कर सकते हैं, जो अभी नहीं हो रहा है।

□

आनंदविहीन पश्चिम में भारतीय संत

हमारे संत-महात्मा और स्वामी अकसर विदेश क्यों जाते हैं ? एक सहज सा उत्तर है कि पश्चिम में प्रसिद्धि जल्दी मिल जाती है। प्रसिद्धि के साथ सुविधाएँ भी। प्रश्न है कि पश्चिम में प्रसिद्धि क्यों मिल जाती है, जबकि इन धार्मिक पुरुषों के पास देने को केवल वही बातें होती हैं, जिन्हें उन्होंने भारत में ही प्राप्त किया है और जो हमारी परंपरा का अंग रही हैं। इसका भी एक सरल सा उत्तर हमारे देसी मुहावरे में बताया गया है, 'घर का जोगी जोगना आन गाँव का सिद्ध।' दूसरे देश के साधु को अधिक बड़ा मानने की परंपरा हमारे देश में ही नहीं और देशों में भी है, लेकिन यह मुहावरा जब बना होगा, तब जानकारी के स्रोत इतने व्यापक नहीं थे। सूचना-टेक्नोलॉजी का बोलबाला नहीं था। आज किसी व्यक्ति के बारे में, उसकी सही पहचान के बारे में जान लेना कोई बड़ी बात नहीं। इसलिए यह कहना सही नहीं कि हमारे इन साधु-महात्माओं को मान केवल इसलिए मिलता है कि पश्चिम के लोग इनके बारे में सही जानकारी नहीं रखते। साधु-संत जो कुछ देते हैं, खुलेआम दिखाकर देते हैं, बताकर देते हैं, समझाकर सहमत कराते हैं। इसमें कोई ठगी नहीं है।

तो फिर यही मानना होगा कि जो कुछ हमारे साधु पश्चिम को देते हैं, बह उनके पास नहीं था। इतना ही नहीं, उसकी उनको आवश्यकता भी महसूस होती है। यह तो स्वामी विवेकानंद ने ही दिखा दिया था कि पश्चिम जितनी भी वैज्ञानिक प्रगति कर गया हो, मनुष्य को आंतरिक सुख नहीं दे पाया है। धर्म ही आंतरिक शांति दिलानेवाला साधन है, लेकिन पश्चिमी सभ्यता

की त्रासदी है कि उसका एकेश्वरवाद इस सीमा तक एकाधिकारवादी है कि उसमें किसी दूसरे मत की गुंजाइश ही नहीं है। ईश्वर एक ही है, यह बात तो सबको स्वीकार होगी, लेकिन अगर तर्क दिया जाए कि उसका कथन भी एक ही होगा, वही सब पर लागू होगा, सबको मानना होगा, उससे भिन्न कहने या करनेवाला पापी होगा तो ऐसे एकाधिकारवादी ईश्वर के होते हुए यह कहना कि सत्य को व्यक्त करने के अनेक तरीके हैं, उस ईश्वर को चुनौती देना होगा। दरअसल पश्चिम की सारी समस्या ही यही है। वहाँ देवताओं की लड़ाई में आदमी भी फँस गया है।

भारत में धर्म का स्वरूप ही निराला है। यहाँ तो ईश्वर को, आदमी को तुष्ट करने के लिए अनेक रूप धारण करने पड़ते हैं। कभी-कभी तो अपने अस्तित्व तक के लिए चुनौती सहनी पड़ती है। मान्यता है कि यहाँ तैंतीस करोड़ देवता हैं और सभी देवता सहअस्तित्व और शांति से रहते हैं। हम ईश्वर को जिस रूप में देखना चाहते हैं, उसी रूप में कल्पित करते हैं। इसलिए यहाँ पंथों और संप्रदायों को भी एक-दूसरे को सहन करने की आदत पड़ गई है, लेकिन सबसे महत्त्वपूर्ण बात यह है कि यहाँ ईश्वर और मनुष्यों के बीच के रिश्तों पर लगातार बहस चलती रहती है। इस बात की खोज होती रहती है कि मानव और उसकी आत्मा का और आत्मा एवं परमात्मा का आपस में क्या संबंध है। इस बहस से ही अपने अंतर का अनुसंधान हमारी संस्कृति की विशेषता रही है। हर व्यक्ति अपने सामर्थ्य के अनुसार अपने भीतर झाँकने का प्रयास करता है। वह तो करता ही है, जो भगवा वस्त्र धारण करता है, वह भी, जो गृहस्थी पालता है और वह भी जो डकैत बना हुआ है। यह उसका स्वभाव है। इस अर्थ में प्रत्येक मनुष्य का अंत:करण अपने आपमें एक प्रयोगशाला है, जिसमें वह कुछ-न-कुछ खोजता रहता है। पश्चिम में यह आसान नहीं। ईसाई धार्मिक व्यवस्था में अध्यात्म की सीमित गुंजाइश होने के कारण टेक्नोलॉजी और अर्थशास्त्र के दौर में उसका एक ही रूप सामने टिक सकता था, व्यावहारिक रूप। इसे औपचारिक ईसाइयत कह सकते हैं, जहाँ ईसाई धर्म को मनुष्य के रोगों का निदान करने का साधन माना गया हो।

फिलिस्तीन में उपजे धर्मों के लिए सदा से राजनैतिक सत्ता अनिवार्य रही है। सत्ता के बिना उनका फैलना संभव नहीं था। विचार और आचरण के आधार पर इन धर्मों का विस्तार नहीं किया जा सकता है। यह दरअसल उन सभ्यताओं की विशेषता है, जिनसे इन धर्मों ने पोषण पाया। सत्ता ही विस्तार का माध्यम रही है। जब तक धर्म और राजसत्ता एक थी और राजा ही दोनों के मुखिया थे, तब तक समस्या नहीं थी, लेकिन जब नई परिस्थितियों में राजसत्ता में नागरिक के दखल की आवश्यकता महसूस हुई, धर्मगुरुओं के हस्तक्षेप को सीमित करना आवश्यक हो गया। रेनासाँ के बाद नए आविष्कारों और उनसे पैदा हुई नई आर्थिक संभावनाओं के कारण राजसत्ता को चर्च से अलग करना ही व्यावहारिक था। संप्रदायों के स्तर पर भी बदलाव इसमें समय-समय पर होते रहे। एक नई तरह की सत्ता भी अस्तित्व में आई—आर्थिक सत्ता। अब तक वह सरकार के लिए कोई चुनौती नहीं थी, लेकिन अब उसमें वैकल्पिक सत्ता के लक्षण दिखाई देने लगे। ऐसे में धर्म की वफादारी किसके साथ हो? तीन सत्ताओं के बीच तालमेल का सवाल बड़ा जटिल था। राजनीतिज्ञ भी आजादी चाहता था, व्यापारी भी आजादी की माँग कर रहा था तो चर्च को ही समझौते करने पड़े, क्योंकि वह अब तक सबसे कमजोर सत्ता बन गया था।

कथित ईसाई आचरण पिछड़ गया। मितव्ययता, अचौर्य, असंचय अनावश्यक हो गए। परंपरागत ईसाइयत कुछ पादरियों तक, वह भी जो पोप की संस्था से जुड़े हुए हों, सीमित रह गई। ईसाई चर्च और कुछ कर भी नहीं सकता था। उसके पास ऐसी व्यवस्था ही नहीं थी, जिसमें राज्य, व्यवसाय और धर्म के बीच कोई साम्य स्थापित हो सकता हो। एक बार चर्च ने समझौता कर लिया तो फिर व्यापारी हावी हो गया और उसे केवल इस बात से संतोष नहीं था कि असंचय, अचौर्य और मितव्ययता को पुण्य न माना जाए, अपितु इनको आधुनिक अर्थव्यवस्था में वांछनीय माना जाए। दरअसल ईश्वर को उस रूप से निष्कासन मिल गया, जिस रूप में वह हजार साल पहले तक था। आधुनिक बाजारवाद के लिए यह अनिवार्यता है। आर्थिक धक्का-मुक्की में आम आदमी के सामने आंतरिक शांति का एक रास्ता भारतीय संत और

साधु प्रदान करते हैं, लेकिन इन साधुओं को महसूस हुआ है कि वे अपना संदेश शायद उन्हीं मुहावरों में नहीं पहुँचा सकते। इसके लिए नई भाषा का इस्तेमाल करना होगा।

महेश योगी ने सबसे पहले योग को एक उत्पाद के रूप में बेचा और उन्हें काफी कामयाबी भी मिली। योग के साथ उन्होंने आयुर्वेद का भी सहारा लिया। आज पश्चिम में ऐसे भारतीय साधुओं की संख्या सैकड़ों में है, जो अपना संगठन चलाते हैं। इनमें अधिकतर को व्यापक, आध्यात्मिक क्षेत्र में विशेष मान्यता तो नहीं मिली है, लेकिन पश्चिम के मापदंडों से वे कामयाब हैं। उनके पास अपना शिष्य मंडल है, अपने भक्त हैं, अपने आश्रम हैं और वे आर्थिक रूप से विपन्न नहीं हैं। प्रश्न पैदा होता है कि पश्चिम में भारतीयता को एक उत्पाद की तरह बेचना सही है? धर्मप्रचार को दो दृष्टियों से देखा जा सकता है। एक, परंपरागत तरीका, जो आचार्य के पास आएगा, उसे ज्ञान दिया जाएगा या दूसरा, ज्ञान देने के लिए आचार्य लोगों के पास स्वयं जाएगा। साफ है अपनी भूमि से दूर, अपने परिवेश से हटकर किसी बात को समझाने के लिए देश और काल के अनुरूप ही चलना होगा। स्वामी नित्यानंदजी के अनुसार मैं इनको भारतीय परंपरागत आचार्यों और पश्चिमी समाज के बीच सेतु मानता हूँ। स्वामी नित्यानंद स्वयं भी लगभग तीस देशों में अपने आश्रम चलाते हैं। आवश्यकता है कि विभिन्न साधुओं द्वारा चलाए जानेवाले इन आश्रमों के बीच तालमेल स्थापित करने का सार्थक प्रयास हो। आदर्श तो यह होगा कि भारतीय संस्कृति की उपलब्धियों के साथ भारतीय आचरण का समावेश भी हो। विदेशों में सफल संतों में संभवतया स्वामी प्रभुपाद ही ऐसे संत हुए हैं, जिन्होंने भक्ति को अपने पूर्ण आचरण के साथ प्रचारित किया। □

खंड : पाँच

विविधा

तय करना होगा, युवा का लक्ष्य

यह रोना-धोना बहुत हो गया कि हमारी युवा पीढ़ी भटक गई है; उसे समाज क्या, अपने परिवार से भी कोई सरोकार नहीं रह गया है। हम बहुत कहते रहे हैं कि युवक अब किसी भी सामाजिक काम के लिए आगे नहीं आते, ऐसे किसी कार्य में रुचि नहीं दिखाते, जिसका संबंध पैसे कमाने, खर्च करने और भौतिक मनोरंजन से न हो। इसीलिए जितनी सामाजिक, सांस्कृतिक और धार्मिक संस्थाएँ हैं, उनमें युवा कम दिखाई देते हैं। स्पष्ट है कि ऊर्जा और उत्साह के अभाव में इन संस्थाओं में गतिशीलता का सर्वथा अभाव दिखाई देता है, लेकिन हम गंभीरता से इस बात को समझने की कोशिश ही नहीं करते कि युवकों के इस व्यवहार का कारण क्या है, बदली हुई परिस्थितियों की तह में जाने का या तो हममें साहस नहीं या समझ नहीं।

किसी भी पुरुषार्थ के लिए कोई उद्देश्य होना चाहिए, किसी यात्रा के लिए एक निश्चित लक्ष्य आवश्यक है, उद्देश्यहीन कार्य शीघ्र ही अपनी गति और ऊर्जा खो देता है और लक्ष्यहीन यात्रा में भटकना ही यात्री की नियति बन जाता है। हमें यह सोचना चाहिए कि आखिर हमने अपनी युवा पीढ़ी को कौन से उद्देश्य और कौन से लक्ष्य दिए हैं। स्वतंत्रता संग्राम के दिनों को याद करें तो पता चलेगा कि चारों दिशाओं में युवकों की टोलियाँ ही सक्रिय थीं, वे गांधीजी के आह्वान पर विभिन्न असहयोग आंदोलनों और सत्याग्रहों में शामिल होने के लिए स्कूलों और कॉलेजों को छोड़कर आए हुए युवक रहे हों या क्रांति के बिगुल बजानेवाले भगत सिंह सरीखे नौजवान, राजनैतिक आंदोलनों

की बात ही क्या, सामाजिक आंदोलनों में भी अधिकतर युवा पीढ़ी ही सक्रिय थी। तब देशवासियों के सामने कुछ विराट् लक्ष्य थे। देश को परतत्रता से मुक्ति दिलाना, स्वराज्य की स्थापना करना और सांस्कृतिक पुनरोत्थान करना, ये ऐसे बड़े लक्ष्य थे, जो देश के हर वर्ग को कहीं-न-कहीं प्रभावित करते थे। ये ऐसी चुनौतियाँ थीं, जिन्हें हमारे युवकों ने साहस और उत्साह के साथ स्वीकार कर लिया। यह सच है कि उस समय के सारे लक्ष्य सिद्ध नहीं हुए। आजादी मिल गई, लेकिन स्वराज्य की स्थापना नहीं हुई। सांस्कृतिक जागरण हुआ, लेकिन समाज परिवर्तन नहीं हो पाया। इसलिए आजादी मिलने के साथ ही समाज दो प्रकार की भावनाओं के बीच फँस गया। आजादी मिलने का उत्साह और आनंद था, साथ ही विभाजन की त्रासदी। आशा और निराशा के दो पाटों के बीच पिसकर समाज का युवा-वर्ग किंकर्तव्यविमूढ हो गया।

स्वतंत्र भारत में सभी मुद्दों पर राजनैतिक सत्ता का मुद्दा छाया रहा। सत्ता में हिस्सेदारी प्रमुख काम बन गया। गांधीजी ने जिस ग्रामस्वराज्य की बात की थी, उसे खुलेआम नकारा जाने लगा। जिन पश्चिमी मूल्यों के विरुद्ध उन्होंने विद्रोह किया था, उन्हें बहुत आग्रह के साथ समाज पर थोपा जाने लगा। जिस सांस्कृतिक उत्थान ने समाज को सक्रिय बनाया था, वह पश्चिमी मतवाद के सामने घुटने टेकने पर मजबूर हो गया। नगर और ग्रामों के बीच अंतर मिटने लगे और समाज का सिर्फ एक काम रह गया कि अधिक-से-अधिक सत्ता हथिया ली जाए। ऐसे माहौल में युवक कहाँ जाए, कुछ सालों के मौन के बाद युवा पीढ़ी भी सत्ता की बंदरबाँट में शामिल हो गई। मजदूर संगठनों से लेकर छात्र संगठनों तक सबका उद्देश्य सत्ता की इसी बंदरबाँट के लिए संघर्ष करना बन गया। आपातस्थिति से पहले जयप्रकाश नारायण के नेतृत्व में एक बार फिर युवक लामबंद हो गए। अब की बार लड़ाई भ्रष्टाचार के विरुद्ध थी। यह अभियान भी आधे रास्ते चलकर दम तोड़ गया, क्योंकि आंदोलन के संचालक वही थे, जो कल तक सत्ता के संघर्ष में हर सांस्कृतिक और सामाजिक मूल्य को ताक पर रखने के लिए तैयार रहते थे।

महाभारत के युद्ध से ठीक पहले कौरव और पांडव दोनों श्रीकृष्ण की

सहायता चाहते थे। कौरवों ने सेना माँगी और कृष्ण ने दे दी। पांडवों ने केवल कृष्ण को माँगा, वे भी उन्हें मिल गए। किसी भी संघर्ष या युद्ध की सफलता केवल इस बात पर निर्भर नहीं करती कि सैनिकों की संख्या कितनी है। अब वह तो इस बात पर रहती है कि उसका संचालन किस तरह के लोग करते हैं, उनके सामने उद्देश्य कितने स्पष्ट हैं और लक्ष्य किस हद तक पूर्व निधारित है। आज जब युवक सामाजिक और सांस्कृतिक कामों में भागीदार होने में उदासीन हैं, केवल इसलिए कि उन्हें यह मालूम नहीं कि वे किस उद्देश्य के लिए काम करें, कौन से समाज का चित्र वे आँखों के सामने रखें। लकीर का फकीर बनने, व्यर्थ के आडंबरों में पड़ने और प्रसंगहीन अनुष्ठानों का पालन करने में उन्हें न कोई लक्ष्य दिखता है, न कोई चुनौती, इसलिए समाज के शुभचिंतकों और बौद्धिकों का काम है कि वे युवकों के सामने भविष्य का ऐसा सपना प्रस्तुत करें, जिससे वे प्रेरित हों, जिसमें उनकी आस्था जाग्रत् हो, जिसे वे चुनौती मान लें। युवक अवश्य सामने आएँगे, जब उन्हें अपना आना सार्थक लगेगा।

□

1857 के विद्रोह की असफलता की सीख

स्वतंत्रता की पहली लड़ाई को 150 वर्ष बीत गए हैं। अब सही समय है कि उसकी असफलता के कारणों की जाँच-पड़ताल की जाए। यह बात तो अब निर्विवाद है कि हम बेहतर शस्त्रास्त्र और अच्छी समर नीति के कारण ही हारते रहे हैं। बाबर के पास तोपखाना था तो अंग्रेजों के पास अच्छी प्रकार की बंदूकों और हथियारों के अतिरिक्त सूचना के बेहतर माध्यम। उस समय आजादी की लड़ाई का संचालन करनेवालों को यह अनुमान ही नहीं था कि जिन खंभों से बाद में उन्हें लटकाकर फाँसी दी गई, उनकी इस युद्ध में कितनी भूमिका थी। टेलीग्राफ, यानी तार का महत्त्व वे नहीं समझ पाए थे, इसी प्रकार अनुशासित सेना और अपनी बाहरी सीमाओं को सुरक्षित रखने की समरनीति का पिछले हजार वर्ष से हमारे देश में अभाव था। शत्रु से अपने आँगन में लोहा लेने को बहादुरी भले ही कहा जाए, उसे सैनिक समरनीति के अनुसार अनुभवहीनता भी कहा जाएगा।

लेकिन सब बातों से अधिक 1857 की लड़ाई में नेतत्व के संकट के कारण मात मिली। जब आग कई जगह पर लगी हो तो आवश्यक होता है कि उसे दिशा देने के लिए एक केंद्रीय नेतृत्व मौजूद हो। इस संग्राम का नेतृत्व दिल्ली के बादशाह को देने का प्रयास किया गया था। यही केंद्रीय नेतृत्व सबसे कमजोर सिद्ध हुआ। केवल इसलिए नहीं कि बहादुरशाह जफर की हुकूमत लाल किले से मेहरौली तक भी पूरी तरह नहीं चलती थी, अपितु इसलिए भी कि बहादुरशाह बगावत का नेतृत्व करने के लिए मानसिक रूप

से ही तैयार नहीं थे। परिणाम यह निकला कि वे स्वयं एक बँधुआ सेनापति थे, जिनकी बात उनके अपने सहायक भी नहीं मानते थे। शुरू से ही सभी अधिकार उनके आसपास रहनेवाले सहायकों, सलाहकारों, परिवार के सदस्यों और बागी सैनिक अफसरों ने हथिया लिये थे। जब विद्रोही सिपाही दिल्ली पहुँचे तो बहादुरशाह की तैयारी का आलम यह था। बहादुरशाह के सहायक गुलाम अब्बास की गवाही के अनुसार, ''लगभग प्रातः आठ बजे, मैंने महल के बाहर शोर सुना, छह-सात सिपाही वहाँ चिल्ला रहे थे...बादशाह बगल के कमरे में आए और मुझसे कहा कि ये सिपाही मेरठ में विद्रोह करके आए हैं। वे कह रहे हैं कि उन्होंने अंग्रेजों को मारा और अपने मजहब के लिए लड़ने को तैयार हैं। बादशाह ने मुझे आदेश दिया कि मैं कैप्टन डग्लस के पास जाकर उनसे पूछूँ कि वे इसके बारे में क्या करना चाहते हैं।'' गुलाम अब्बास के अनुसार, ''बादशाह ने न केवल सिपाहियों की सहायता करने से इनकार कर दिया, अपितु लाल किले में तैनात अंग्रेज फौजी अफसर डगलस और प्रेजर की हर तरह से मदद करने की कोशिश की, लेकिन जब सिपाही दरबार में घुस आए और कहा कि अगर आप हमारा साथ नहीं देते हैं तो जो हमें ठीक लगेगा, वही करेंगे, क्योंकि अब तक दिल्ली के सिपाही भी उनमें शामिल हो गए थे और नगर में अंग्रेजों की मारकाट आरंभ हो गई थी, इसलिए बहादुरशाह को मजबूरन सिपाहियों के सिर पर हाथ रखकर सहायता का आश्वासन देना पड़ा।''

स्पष्ट है कि मेरठ और दिल्ली के विद्रोही सैनिकों के संचालन और उनके उपयोग की कार्य योजना बादशाह के पास थी ही नहीं। जल्दी में उन्होंने अपने बड़े बेटे मिर्जा मुगल को सेनापति बना दिया, लेकिन उन्होंने सिपाहियों में किसी प्रकार का अनुशासन लाने के बदले उन्हें खुली छूट दी कि वे दिल्ली और आसपास के क्षेत्रों में अपने लिए धन वसूलने की कारस्वाई करें। बहादुरशाह के अभियोग में प्रमाणों के रूप में ऐसे अनेक पत्र और प्रार्थना-पत्र पेश किए गए, जिनमें ऐसी शिकायतें दर्ज हैं। ऐसे प्रार्थना-पत्रों में बादशाह से अनुरोध किया जाता था कि नागरिकों को सिपाहियों की ज्यादतियों से मुक्ति

दिलाई जाए। बादशाह प्राय: अपने बेटों से इसके बारे में पूछताछ करते। उन्हें भ्रम में रखने के लिए मिर्जा मुगल ने स्वयं एक प्रार्थना-पत्र दिया, जिसमें दावा किया गया था कि पाँच-छह बदमाशों ने सिपाहियों के वेश में लोगों को परेशान किया, अब वे नगर से भाग गए हैं। मिर्जा ने उन्हें पकड़ने की आज्ञा माँगी, लेकिन बादशाह इस झाँसे में नहीं आए। बादशाह ने उत्तर में लिखा कि यह हैरानी की बात है कि पाँच-छह आदमियों की करतूत से ही नगर में इतने बड़े पैमाने पर लूटमार और अफरातफरी हो रही हो। जब से सेना ने नगर में डेरा डाला है, एक भी दिन नहीं था, जब लोगों की शिकायतें न मिली हों कि पैदल सैनिकों ने बलात वसूली और लूटमार मचा रखी है। उनके बारे में यह दावा तो नहीं किया जा सकता कि वे भेस बदलकर बदमाश थे। बादशाह ने आदेश दिया कि जो सिपाही या अफसर लूट में शामिल हों या किसी के घर में घुसें, उन्हें कठोर दंड दिया जाए, लेकिन ऐसा नहीं हो पाया, उलटे आसपास के यात्रियों ने भी राहगीरों को लूटना आरंभ किया।

दरअसल बादशाह के नेतृत्व में फौज को वाजिब वेतन मिलना बंद हो रहा था। थोड़े ही समय में खजाना खाली हो गया और शाही महल के कर्मचारियों के खर्चों में भी कटौती करनी पड़ी। पैसे की तंगी से परेशान बादशाह ने अपने बेटे से अनुरोध किया कि अफसरों की एक आपात बैठक बुलाई जाए, जिससे खजाने को भरने के कारगर सुझाव प्राप्त हों। उनके पास कोई निजी खजाना नहीं था और सरकार को कर्ज देनेवालों की संख्या भी घट गई है, उनके नए, पुराने कर्मचारियों को खाने के लाले पड़ रहे हैं। पिछले मास नगर के व्यापारियों से एक लाख पच्चीस हजार रुपए का जो कर वसूल होना था, वह भी पूरा नहीं मिला था। जब उनके ही खर्चे पूरे नहीं होते तो औरों के कैसे चलें? आपात बैठक बुलाई गई और उसमें कुछ सुझाव भी दिए गए, लेकिन उनपर पूरी तरह अमल नहीं हो पाया, क्योंकि अनुशासनहीनता के कारण वे शर्तें ही पूरी नहीं हुईं, जिनसे व्यापारियों में राजा के प्रति विश्वास पैदा होता। अंग्रेजों के दुबारा हमला बोलने के समय न केवल खजाना खाली था, सिपाही अकुशल और अनुशासनहीन हो चुके थे और नगर के संपन्न

लोगों ने हाथ खींच लिया था।

हालाँकि आरंभ में विद्रोह हिंदू और मुसलमान, दोनों ने मिलकर किया था। दिल्ली में भी उनका साथ देनेवाले सिपाहियों में दोनों संप्रदायों के लोग थे, लेकिन जिन लोगों के हाथों में दिल्ली की कमान चली गई, उन्हें जन-विद्रोह को अखिल भारतीय रूप देने का एक ही उपाय समझ में आता था, उसे काफिर अंग्रेजों के खिलाफ जेहाद का रंग दिया जाए, हालाँकि स्वयं बहादुरशाह का ऐसा कोई आग्रह नहीं था और वे समय-समय पर इस प्रकार के आदेश देते रहे कि हिंदू-मुसलमानों में भेदभाव पैदा न किया जाए, लेकिन उनके सहायकों ने इसे दीन और इसलाम का मुद्दा बनाने से परहेज नहीं किया। मसलन बादशाह पर यह दबाव बढ़ गया कि वे ईरान के शाह को भारत पर आक्रमण करने का न्यौता दें। बताया जाता था कि ऐसा एक संदेश फारस भेजा भी गया। इसे एक राजनैतिक या समरनैतिक कदम तक सीमित रखने के बदले यह भावना मुसलमानों में भर दी गई कि हिंदुस्तान पर फारस का कब्जा होगा और दीन की फतेह होगी। व्यापारियों के कारोबार में अस्थिरता और फौजी अधिकारियों के दमन चक्र के साथ-साथ अंग्रेजों के बदले ईरान की गुलामी की आशंका ने नगर में हिंदू व्यापारियों और मध्यवर्ग को विद्रोहियों और बादशाह के अमलकारों से दूर रहने पर मजबूर कर दिया।

वहीं देहात में भी विभिन्न किसान जातियों, गूजरों और जाटों के लिए भी इस कथित जेहाद में अरुचि पैदा हो गई। जिस जाति का जहाँ बाहुल्य था, वहाँ उसका शासन चलने लगा। नए रंगरूट मिलने बंद हो गए और सरकारी राजस्व के स्रोत सूख गए। आखिरी दाँव के रूप में बादशाह ने आसपास के देसी राजाओं से मदद के लिए अपील की। इनमें जैसलमेर के दलजीत सिंह और जम्मू के राजा आदि शामिल थे, लेकिन बहादुरशाह के सलाहकारों ने इस न्यौते को इस भाषा में लिखा, जिससे दंभ की बू आती थी। ये न्यौते आदेशात्मक शैली में थे। इसलिए कोई भी राजा निरंकुश सिपाहियों के बूते अंग्रेजों के विरुद्ध विद्रोह के लिए तैयार नहीं हुआ। इस तरह जो ज्वाला कई स्थानों पर भड़क उठी थी, वह आकर दिल्ली में बुझ गई।

1857 का सबसे बड़ा सबक हमें यही मिलता है कि युद्ध न तो संख्या बल से जीते जाते हैं और न फतवों से, उनके लिए देश की जनता को मानसिक रूप से तैयार करना होता है। उसके लिए आवश्यक है कि जनता के सामने एक ऐसा सपना हो, जो उसे बलिदान के लिए प्रेरित करे। आजादी की लड़ाई केवल कुछ सिपाहियों या राजाओं और नेताओं की नहीं होती, जब वह आम जनता की बन जाती है तो साधन अपनेआप जुट जाते हैं। दुर्भाग्य से पहली लड़ाई के लिए जनमानस तैयार नहीं था। इस बीच अंग्रेज सेनाएँ एक निश्चित समरनीति के तहत घेराव कर रही थीं। अंग्रेजों ने हिंदू-मुसलमानों के मतभेदों का राजनैतिक इस्तेमाल करके देसी राजाओं को या तो निष्क्रिय बना दिया था या साथ मिला लिया था। दिल्ली को दुबारा जीतने में उन्हें अधिक मुश्किल नहीं आई, क्योंकि बहादुरशाह की सरकार अपने विरोधाभासों से ही बिखर रही थी।

□

वे आजादी की नींव के पत्थर बने

अट्ठारह सौ सत्तावन वास्तव में युद्ध नहीं, एक विस्फोट था। युद्ध पूर्व नियोजित समरनीति के आधार पर पूर्व निधारित लक्ष्यों की प्राप्ति के लिए लड़े जाते हैं, विस्फोट, दमित भावनाओं, दलित मान और दबे आक्रोश का आकस्मिक मुखर होना है। इसलिए स्वतंत्रता के पहले युद्ध में मेरठ, दिल्ली, कानपुर, झाँसी अनेक स्थानों पर लड़ाइयाँ लड़ी गईं। हर लड़ाई के अपने-अपने नायक थे, वीर थे जो वीरगति प्राप्त कर चुके थे; लेकिन इन अनेक घटनाओं को एक महायुद्ध का रूप देनेवाला कोई गणपति नहीं था। इतिहासकार कहते हैं कि अगर सभी लड़ाइयाँ, सभी विद्रोह एक साथ होते तो इस घटनाक्रम का परिणाम अलग ही होता; लेकिन ये घटनाएँ एक साथ नहीं हुईं, यह तथ्य भी इस बात का संकेत है कि किसी व्यापक और लंबी अवधि के युद्ध की समरनीति नहीं बनी थी और इस समर का कोई एक सेनापति नहीं था। जहाँ तक इसके भिन्न परिणामों की बात है, शायद परिणाम भिन्न होते, लेकिन क्या वही होते, जो इस राष्ट्र को एक सूत्र में पिरो सकते? दिल्ली में बहादुरशाह जफर के प्रतीकात्मक नेतृत्व में लड़ाई के अंतिम दौर पर नजर डालें तो स्पष्ट होगा कि आरंभ में हिंदू-मुसलमानों में जो एकता के सूत्र दिखाई दिए थे, वे टूट रहे थे। बगावत के बारे में दोनों संप्रदायों के दृष्टिकोणों में गंभीर अंतर आ गया था। उद्देश्य बदल गए थे। यह अकारण नहीं कि अंतिम दिनों में बहादुरशाह जफर को अंग्रेजों की तुलना में अपने ही अधिकारियों और रिश्तेदारों के खिलाफ अभियोग सुनने पड़ रहे थे। अंग्रेजों के विरुद्ध लड़ाई में सिक्खों और राजपूतों का उदासीन रहना इस बात का

संकेत है कि इस विद्रोह के पीछे जिस सांस्कृतिक और राष्ट्रीय चेतना की आवश्यकता थी, नहीं हो पाई थी।

प्लासी की जंग जीतने के पश्चात् अंग्रेज इस नतीजे पर पहुँच गए थे कि जब तक भारत की आर्थिक स्वायत्तता को नहीं तोड़ा जाता, अंग्रेजी माल थोपना अंसभव होगा। जब तक यहाँ की प्राचीन संस्कृति की श्रेष्ठता को विकृत नहीं किया जाता, यहाँ के लोगों के स्वाभिमान को हीन भावना में नहीं बदला जाता, जब तक हिंदू समाज की मूलभूत एकता को तोड़कर उसे पंथों और जातियों के झगड़ालू समाज में नहीं बदला जाता, शासन करना संभव नहीं होगा। काफी हद तक अंग्रेज प्रशासक इसमें सफल भी हुए। मुगलों के अंतिम दौर तक जो कृषि और औद्योगिक तकनीक जीवित थी, उसे धीरे-धीरे नष्ट कर दिया गया। एक घुटन का माहौल धीरे-धीरे समाज पर छाने लगा था। कहीं आक्रोश इसलिए था कि रियासतें हड़पने के लिए नित नए बहाने खोजे जा रहे थे, कहीं धार्मिक विश्वासों को ठेस पहुँचाई जा रही थी, तो कहीं कारीगरों की रोजी-रोटी बरबाद हो रही थी। यह एहसास सबको था कि इसका कारण विदेशी अंग्रेज शासक थे, लेकिन उसे कैसे उखाड़ा जाए, वैकल्पिक व्यवस्था क्या हो, टूटी हुई समाज व्यवस्था को कैसे जोड़ा जाए? नए राष्ट्रीय लक्ष्य कैसे तय हों, अंग्रेजों के बदले मुगल या स्थानीय सुल्तानों-सामंतों का शासन बेहतर होगा कि नहीं, ऐसे प्रश्नों पर विद्रोह से पहले कोई व्यापक विचार मंथन नहीं हुआ था। अंग्रेजों को हटाने के लिए छिटपुट लड़ाइयों की नहीं, एक देशव्यापी युद्ध की आवश्यकता थी, जिसका एक निश्चित उद्देश्य होता और जिसके लिए जन-मानस तैयार होता, लेकिन इसके लिए देश के बौद्धिक वर्गों, सांस्कृतिक संगठनों, ग्राम सभाओं और शिल्प संघों की सहमति बनाने का व्यापक अभियान नहीं चला था।

फिर भी यह बात हमें समझ लेनी होगी कि ऐसे आकस्मिक सामाजिक विस्फोट कभी पूरी तरह निष्प्रयोजन नहीं होते। इनके भी दूरगामी परिणाम निकलते ही हैं, भले ही वे वही न हों, जिनकी हमने कामना की हो या जिनका संघर्षरत कार्यकर्ताओं ने सपना देखा हो। बलिदान किसी-न-किसी रूप में

समाज के मानस पटल पर एक छाप छोड़ता ही है। रानी झाँसी के बलिदान को कुछ लोग निरर्थक मान लेंगे, क्योंकि वे अंग्रेजों को अपनी मनमानी करने से नहीं रोक पाईं। मंगल पांडे का समय से पहले किया गया विद्रोह भी सफल नहीं हुआ और दिल्ली के सिपाहियों का दिल्ली पर अधिकार जमाना भी, लेकिन जो समाज अब तक अंग्रेजों का बढ़ना, देशी शासकों की लगातर पराजय, सांस्कृतिक और सामाजिक संस्थाओं का नष्ट होना, जब-तब देख रहा था, वह कई क्षेत्रों में सक्रिय हो गया। उन्नीसवीं सदी के अंतिम चरण और बीसवीं सदी के पहले चरण में जनतांत्रिक आंदोलनों की नींव इसी चेतना का ही परिणाम है। 1857 के शहीदों के बारे में अब हम काफी कुछ जानते हैं, लेकिन हमें यह भी जान लेना चाहिए कि हमारी आजादी की नींव जिन शहीदों के बलिदानों पर टिकी हुई है, उनकी संख्या हजारों-लाखों में रही है। कोई झारखंड का आदिवासी मुखिया था, जिसे अंग्रेजों ने फाँसी पर लटकाया या वह बलिया का चित्तू पांडे था, जिसने सप्ताह भर तक अपने नगर को अंग्रेजी शासन से मुक्त रखा। वे बिहार के किसान थे या पंजाब के थे या दक्षिण के रहे हों। अगर हम राष्ट्र के लिए बलिदानों को स्मरण करना चाहते हैं तो केवल वहीं तक सीमित न रहें, जो किसी कारण चर्चित हुए। दरअसल इन स्थानीय वीरों के बलिदानों का पूरा इतिहास अभी लिखना शेष है।

□

मध्यप्रदेश : जो यहाँ है और कहीं नहीं

मध्य प्रदेश के बहुत से भाग को पहले मध्य भारत कहते थे, लेकिन अगर इस पूरे प्रदेश का नाम मध्य भारत ही होता तो अधिक प्रासंगिक होता है। यह सचमुच भारत के मध्य में ही है। भारत देश का भौगोलिक केंद्र इस राज्य में ही तो है, जबलपुर जनपद में। यह एक और अर्थ में भी देश का मध्य है, दक्षिण और उत्तर को जोड़नेवाला प्रदेश। पर्वत शृंखलाओं और विविधतापूर्ण गहन वनों के बीच बहती अनेक नदियों का यह राज्य मानव इतिहास में बहुत प्राचीन भी है और नवीनतम भी। प्राचीनतम चट्टानों और उनमें छितरी हुई अनेक गुफाओं में भारत भू-भाग में मानव विकास की विचित्र कहानी दर्ज है। इन चट्टानों का निर्माण पर्वतों और पानी की धाराओं के बीच हजारों वर्ष के सहयोग और घात-प्रतिघात से हुआ है।

भीम बेटका के गुहागृहों में आदिकालीन मानव जातियाँ बसती थीं और वहीं उन्होंने अपनी उपस्थिति का इतिहास भी लिखा है, दीवारों पर अपनी जीवन शैली के चित्र बनाकर। ये चित्र आदिकाल में मानव के क्रियाकलाप के साथ उसके साथी पशुओं को भी चित्रित करते हैं और उन पशुओं को भी, जिनके साथ तब के मनुष्य का टकराव हुआ करता था। उनके आखेट और युद्ध के अस्त्र-शस्त्रों से लेकर विभिन्न कामों के लिए उपयोग में लाए जानेवाले उपकरणों के अध्ययन से स्पष्ट होता है कि ये मानव जातियाँ इन गुफाओं में हजारों सालों तक रहीं, जब तक कि नई दुनिया ने उन्हें बदलने पर मजबूर नहीं किया। माना जाता है कि इन गुफाओं में इस क्षेत्र की जातियों के

बीस हजार साल के विकास की कहानी लिखी हुई है, लेकिन अगर प्राचीन उपकरणों के पुरातात्विक अवशेषों को जाँचे तो इसी से पच्चीस हजार वर्ष पहले से इस भू-भाग में मानव रहने लगा था। भारत में प्राचीन मानव का इतना पुराना ऐतिहासिक साक्ष्य शायद कहीं भी बचा नहीं है। केवल आदिमानव का इतिहास ही नहीं, इनमें से कुछ गुफाओं में हमारी संस्कृति के महत्त्वपूर्ण प्रसंग भी जुड़े हुए हैं।

माना जाता है कि चित्रकूट की प्रसिद्ध गुफा में अपने वनवास के दौरान राम-सीता निवास करते थे। अपने वनवास का अधिकांश भाग तो राम ने मध्य प्रदेश में ही गुजारा था। यह इतिहास इसलिए बचा रहा, क्योंकि यह प्रदेश दुर्गम जंगलों से आच्छादित था। दक्षिण, पश्चिम और उत्तर से सभ्यता की आहट यहाँ देर से पहुँची, लेकिन जब पहुँची तो उसने भी अटूट छाप छोड़ी, जो खजुराहो, साँची और अनेक मंदिरों, दुर्गों के रूप में विकास की यात्रा की दास्तान कहती है। यह स्वाभाविक भी था, क्योंकि मध्य प्रदेश का यह क्षेत्र पश्चिमी सागर तट तक जाने और दक्षिणी प्रदेशों तक पहुँचने का मार्ग था। नर्मदा यहाँ की सब नदियों में महत्त्वपूर्ण और पवित्र नदी है। गंगा-यमुना के साथ नर्मदा को ही भारत में सबसे पवित्र नदी तीर्थ माना जाता है। अमरकंटक से निकलनेवाली इस नदी के साथ एक मनोरंजक कथा जुड़ गई है। यह प्रणय और विरह की कथा है। इस क्षेत्र से दो नदियाँ निकलती हैं—नर्मदा और सोनभद्र। हमारे देश में नदी को स्त्री के रूप में ही देखा जाता है। शायद इनके सौम्य स्वभाव के कारण, लेकिन अपवाद स्वरूप कुछ नद भी हैं। असम के ब्रह्मपुत्र की तरह सोन भी नद ही माना जाता है। शायद उनकी पुरुष सुलभ उग्रता के कारण। कहानी है कि सोन और नर्मदा दो प्रेमियों की तरह प्रसन्न चित्त से पहाड़ों से उतर पड़े। कुछ देर साथ बहते चले गए, लेकिन फिर मनमुटाव हो गया, जो इतना बढ़ गया कि सोन कुपित होकर पूर्व दिशा की ओर भाग गया। नर्मदा पश्चिम दिशा में ही चलती गई। नर्मदा पश्चिम में खम्बात की खाड़ी में सागर से मिलती है तो सोनभद्र पूर्व में पटना के पास गंगा में विलीन हो जाता है।

पानी और चट्टानों की क्रिया-प्रतिक्रियाओं से न केवल विलक्षण गुफाओं का जन्म हुआ, कुछ असाधारण प्राकृतिक दृश्य भी बने। गोंडवाना की प्रस्तर रचना विश्व में चट्टानों की प्राचीनतम रचना है। इस क्षेत्र के पहाड़ और चट्टानें हिमालय से प्राचीनतर हैं। पानी और पत्थर की हजारों वर्षों की इस लीला के ही कारण जबलपुर में संगमरमर की चट्टानों के बीच बहती नदी का दृश्य प्राकृतिक प्रस्तर कलाकृति का अद्‌भुत नमूना है। नदियों को बार-बार पहाड़ी अवरोधों का सामना करना पड़ता है। इसलिए चट्टानों के ऊपर से कूदकर सुंदर जलप्रपात बनाती हुई यात्रा करती है। पानी और पहाड़ों के साथ वनों का सनातन रिश्ता रहा है। मध्य प्रदेश के जंगल भारत के सबसे घने जंगलों में से हैं, जो अब कथित सभ्यता की मार झेल रहे हैं। वन और मानव के रिश्तों को पश्चिमी लेखक रूडयार्ड किप्लिंग ने अपनी 'जंगल बुक' के माध्यम से दरशाया है। किप्लिंग के मोगली के साथी जंगल के जानवर ही थे। जंगल में कहीं-कहीं ही मानव बस्तियाँ हुआ करती थीं। लेखक के जमाने में यानी आजादी के सौ साल पहले तक भी जंगल को बड़े पैमाने पर नष्ट करने या वन्य जानवरों के विनाश का खेल आरंभ नहीं हुआ था। आखेट सामंतों का शौक था अवश्य, लेकिन इसे बड़े पैमाने पर अंग्रेज साहबों ने ही चालू कर दिया। देश के और भागों की ही तरह मध्य प्रदेश के क्षेत्र में भी पिछले सौ साल में पर्यावरण पर विकास सवार हो गया है।

क्या यह संभव है कि जिस राज्य को भारत का भौगोलिक केंद्र होने का श्रेय प्राप्त है, वह भौतिक प्रगति का भी केंद्र बन सके? आजादी के बाद से इस राज्य में बहुत कुछ बदला है। उद्योग-व्यापार के क्षेत्र में भी और सामाजिक सांस्कृतिक क्षेत्रों में भी। मध्य प्रदेश आज प्रगतिशील राज्य में शुमार किया जाता है, लेकिन दूसरों का अनुकरण करने के बदले पहल करने का संकल्प अभी जाग्रत् होना शेष है। मध्य प्रदेश में वह है, जो आज किसी राज्य में नहीं है। इसमें भारत की प्राचीन संस्कृति के पुरातात्विक अवशेष बिखरे पड़े हैं, जो हमें भारतीय संस्कृति और इतिहास के सातत्य का प्रमाण देते हैं। गुहा निवासियों की चित्रकारी आदिकाल के उस मानव की याद दिलाती है,

जो प्रकृति की ही गोद में रहता और जीता था और जिसकी संतति आज भी आसपास ही रहती है। वह प्रकृति आज भी मध्य प्रदेश में काफी हद तक जीवित है। पर्वतीय राज्यों को छोड़कर यही एक राज्य है, जहाँ आज भी मानव ने वनों को खारिज नहीं किया है।

सभ्यता के जन्म काल के साक्ष्य भी यहीं प्राप्त हैं। साँची के मंदिर भले ही मध्यकाल में बने हों, लेकिन उनमें अंकित प्रस्तर कला में भारतीय सभ्यता के आरंभिक दौर के संकेत साफ तौर पर अंकित हैं। हड़प्पा की प्रसिद्ध पशुपति मुद्रा पर अंकित देवता के सिर पर जो त्रिशूलनुमा शिरस्त्राण बना है, वैसा ही प्रतीक सदियों बाद साँची के पूर्वी द्वार के ऊपर पर भी प्रकट हुआ। यह राज्य केवल देश के मध्य में ही नहीं है, इसके पश्चिम में महाराष्ट्र और गुजरात जैसे औद्योगिक और व्यावसायिक रूप से संपन्न राज्य भी हैं, जिनका प्रभाव इस पर पड़े बिना नहीं रह सकता था। प्राचीन और अर्वाचीन के मिलन स्थल के रूप में भी नए भारत की मौलिक विकास नीति और प्रगतिपथ का निर्माण आसान भी है और स्वाभाविक भी होगा। भारत के सांस्कृतिक पुनर्जागरण के लिए कहीं से तो श्रीगणेश करना ही होगा। मध्य प्रदेश से ही क्यों नहीं, जिसे हम प्रतीकात्मक रूप से भारत का हृदयस्थल भी मान सकते हैं।

□

संबंधों की व्यापकता से बनता है व्यक्तित्व

व्यक्तित्व क्या होता है, व्यक्ति का चरित्र, उसके विचार, उसका आचरण, उसका दृष्टिकोण या ये सब विशेषताएँ मिलाकर किसी का व्यक्तित्व बनाती हैं ? वास्तव में व्यक्तित्व व्यक्ति की पहचान होती है, वे विशेषताएँ, जिनसे उसे दूसरों से अलग किया जा सकता है। स्पष्ट है कि पहचान केवल शक्ल-सूरत अलग होने से, भाषा-बोली अलग होने से ही नहीं बनती, अपितु उसके अपने और दूसरों के बारे में दृष्टिकोण से बनती है। अगर हमारे सरोकार अपने आप तक ही सीमित हैं तो दूसरों के हित-अहित हमारे लिए कोई अर्थ नहीं रखते। जब विश्व आदिम अवस्था में था, जब मानव भी अन्य वन्य प्राणियों की ही तरह केवल अपने लिए जीता था, तब उसके सरोकार वैसे ही थे। परहित के बारे में वह सोच ही नहीं सकता था। मानव जाति में परोपकार की भावना तब आई, जब उसने समाज बनाया और उसे महसूस हुआ कि स्वहित भी परहित पर ही निर्भर करता है। समाज में नियम-कायदे सामूहिक हित के लिए ही बनाए गए थे। मानव अन्य प्राणियों से अलग दिखने लगा, अपने आचरण में और अपने स्वभाव में। जब परिवार का विकास हुआ तो स्वहित का एक स्वाभाविक स्वरूप पारिवारिक हित के रूप में ही सामने आने लगा। मनुष्य के बौद्धिक विकास के साथ-साथ उसके नैतिक विकास की आवश्यकता आ पड़ी। व्यक्ति के सौंदर्य, उसके स्वास्थ्य, उसके धन-संपत्ति, उसके वंश आदि का ही वर्णन करना हो तो स्वस्थ या धनी कहा जा सकता है, लेकिन यही उसका व्यक्तित्व नहीं कहा जा सकता

है। व्यक्तित्व मनुष्य की भौतिक विशेषताओं के आधार पर नहीं बनता, उसके आचरण के आधार पर बनता है। दरअसल यह व्यक्ति के आचरण का दूसरा नाम है। समाज व्यक्तियों के एक-दूसरे के साथ सहयोग के आधार पर ही चलता है। इस सहयोग में कुछ साधारण होता है, कुछ असाधारण। असाधारण सहयोग के कारण ही जो रिश्ते बनते हैं, वही व्यक्तित्व की नींव हैं।

"व्यक्ति के संबंधों का दायरा जितना विस्तृत हो, उतना ही बड़ा उसका व्यक्तित्व होता है। यदि कोई मनुष्य केवल अपने तक ही सीमित रहता है, दूसरों के दुःख-दर्द से उसका कोई सरोकार नहीं है तो उसका व्यक्तित्व भी इतना सीमित होगा कि उसे आसानी से नगण्य माना जा सकता है। संबंधों का दायरा जितना विस्तृत होता जाएगा, उतना ही व्यक्ति के व्यक्तित्व का भी विकास होता जाएगा।" हम स्वामी विवेकानंद को महान् व्यक्तित्व का धनी मानते हैं, लेकिन संन्यासी तो और भी हैं और हुए हैं। परिव्राजक भी रहे हैं। संभवतया विवेकानंद से भी अधिक ज्ञानी साधु रहे हों, लेकिन विवेकानंद को हम केवल ज्ञान के ही कारण नहीं, केवल साधु होने के कारण ही महान् व्यक्तित्ववाला नहीं कहते, इसलिए कहते हैं कि उन्होंने अपने संबंधों का दायरा पहले सारे समाज को और फिर सारे विश्व को बना लिया था। गांधीजी की काया में या खानदान में कोई विशेषता नहीं थी। वे कोई धनी व्यक्ति भी नहीं थे, लेकिन जब उन्होंने अभिजात्य वर्ग की एक अंग्रेज-परस्त पार्टी को व्यापक जनसाधारण का आंदोलन बना दिया और अपने आपको व्यापक समाज में मिला लिया तो ही वे विराट् व्यक्तित्व के नेता बने।

व्यक्तित्व के दो महत्त्वपूर्ण आयाम हैं—व्यापकता और गहनता। व्यापक वह तब होता है, जब व्यक्ति के रिश्तों के दायरे में बहुत से लोग आते हों, चाहे वे परिवार से बाहर जाति या गाँवों के हों या उससे भी व्यापक समाज के हों। फिल्मी नायकों के संबंधों का दायरा भी व्यापक होता है और राजनेताओं का भी। संबंधों की व्यापकता उनके व्यक्तित्व का अंग अवश्य होती है, लेकिन ऐसे भी संबंध होते हैं, जो न केवल व्यापक होते हैं, गहरे भी होते हैं, उनमें औपचारिकता नहीं होती, केवल व्यावसायिकता भर नहीं रहती। वे या तो

भावात्मक होते हैं या उनका आधार आध्यात्मिक या बौद्धिक होता है। वह ज्ञान का भी हो सकता है। इस प्रकार संबंधों में गहराई आती है। गहन रिश्ते स्थायी प्रभाव डालते हैं, वे कभी-कभी राष्ट्रों को भी बदल डालते हैं। हमारे देश में हमारे मनीषियों ने समाज को ही नहीं, पूरे विश्व को कुटुंब घोषित किया है। जहाँ सांस्कृतिक दृष्टि का अर्थ ही विश्व दृष्टि होता हो, वहाँ व्यक्ति की महानता व्यवहार, आचरण और संबंधों की व्यापकता के साथ ही गहनता से भी नापी जाती है। इसलिए हमने ऋषि को राजा से बड़ा माना, क्योंकि भारतीय संस्कारों में ऋषि का व्यक्तित्व राजा से बड़ा भी है और व्यापक भी।

□

अस्थायित्व की आँधी में कैसे टिके रहें?

स्थायी क्या है? यह जगत् जिसमें हम रहते हैं, विचरते हैं, जीते-मरते हैं, शायद स्थायी है, क्योंकि हम जब नहीं थे, तब भी यह था। हमारी जाति और हमारे राष्ट्र से पहले भी था। निकट भविष्य में, यानी जहाँ तक हम तार्किक रूप से सोच सकते हैं, तब तक इसके मरने के संकेत तो नहीं हैं, लेकिन बहुत से मनीषी कहते हैं कि यह जगत्, यह संसार भी नश्वर है, मिथ्या है। वैज्ञानिक भी मानते हैं कि यह पृथ्वी आज नहीं तो सुदूर भविष्य में नष्ट हो सकती है। सूर्य बुझ सकता है। चाँद लुप्त हो सकता है। अद्वैतवादियों की मानें तो केवल ब्रह्म ही सत्य है; जो सत्य है; वही शाश्वत है, लेकिन हम सांसारिक लोग जब स्थायी और अस्थायी की बात करते हैं तो आत्मा और ईश्वर की ही बात नहीं करते, अपने आसपास भौतिक वस्तुओं के स्थायित्व की भी बात करते हैं—मेज-कुरसी, मकान, पंखा, मोटर-वाहन आदि। बहुत हुआ तो रिश्तों के स्थायित्व की चर्चा करते हैं—माता-पिता, पति-पत्नी, मित्र-बंधु आदि के बीच संबंधों की। इन्हीं के स्थायी और अस्थायी होने पर ही सामान्यत: हमारा जीवन चलता है।

हम अगर आज इस स्थायित्व की चर्चा करने लगे हैं तो इसलिए कि स्थायी भाव पर ही आज संकट आन पड़ा है। स्थायी नहीं, अस्थायी होना ही आज जीवन का, प्रगति का, विकास का प्रमुख लक्ष्य बन गया है। कुछ उदाहरण देने से ही यह बात समझ में आ जाएगी। आपने कभी अपने या मित्र-संबंधी के घर में पुरानी-पुश्तैनी दीवार घड़ी देखी होगी। अंग्रेजी घरों में इसे 'ग्रैंड फादर क्लॉक', यानी दादाजी की घड़ी कहते थे। यह दादा के

पश्चात् पिताजी के घर की शोभा बनी और फिर पुत्र के घर की। कई पीढ़ियों तक चलने के लिए बनाई जाती थीं ये घड़ियाँ। बात घड़ियों की ही नहीं, घर का सामान—तख्त, मेज, कुरसी, संदूक, अलमारी, सिलाई मशीन और साइकिल बहुत टिकाऊ होते थे, परंतु अब नहीं होते। घर के सामान की क्या कहें, स्वयं घर भी अब कहीं टिकाऊ होता है? हमें प्राय: ऐसे दृश्य देखने को मिल जाते हैं, जहाँ हम अचानक किसी पूर्व परिचित गली या मोहल्ले में पहुँच जाते हैं और खो जाते हैं। वहाँ हमारे जाने-पहचाने मकानों का हुलिया ही बदल गया होता है। इस परिचित चौराहे का स्वरूप ही कुछ और है। हम जिसे किसी अपने का घर मान बैठे थे, वहाँ कोई और रहता है, जिसे यह भी नहीं मालूम कि इसका पूर्व मालिक कहीं विलीन हो गया। इतना सारा बदलाव सदियों में नहीं, बस चंद बरसों में हो चुका होता है।

ऐसा क्यों होता है? ऐसा नहीं कि पहले वस्तुएँ बदलती नहीं थीं, टूटती नहीं थीं, लेकिन तब सब वस्तुओं की एक अनुमानित उम्र हुआ करती थी। आदमी की तरह दो-चार साल आगे-पीछे तो होता था, लेकिन वस्तुएँ, मकान, गाँव-मोहल्ले, नगर-चौराहे अचानक गायब नहीं होते रहते थे। वास्तव में यह 20वीं सदी का मंत्र था, जो 21वीं सदी में अपना पूर्ण प्रभाव दिखा रहा है। वैश्वीकरण के नाम से जिस युगधर्म की बात चल पड़ी है, उसका सार ही अस्थायित्व या अस्थिरता है। पंखा अगर सारी जिंदगी चलता रहे तो आप दूसरा क्यों खरीदेंगे, आप नहीं खरीदेंगे तो पंखों का कारोबार कैसे चलेगा? इसके लिए पंखों का चार-छह साल में खराब होना आवश्यक है। यह आपकी घड़ी या मोटरकार के बारे में भी सच है और घर के बारे में भी। जब 19वीं सदी में विज्ञान का बोलबाला हुआ तो हम सबने पढ़ा कि 'आवश्यकता आविष्कार की जननी है।' अब यह सही नहीं। अब माना जाता है कि टेक्नोलॉजी अपनी आवश्यकता स्वयं बनाती है, यानी यह आवश्यक नहीं कि हमें पहले किसी वस्तु की आवश्यकता महसूस हो और फिर इस वस्तु का आविष्कार हो। हमारी आवश्यकता हो, न हो, अगर किसी टेक्नोलॉजी का विकास हुआ है, हमें वह लेनी ही होगी। जब पुरानी घड़ियों, पुरानी कारों या पुरानी मशीनों के कलपुर्जे ही नहीं मिलेंगे तो चलाएँगे कैसे? बदलाव की गति अब इतनी तेज

हो गई है कि दो-तीन साल में ही किसी वस्तु या उपकरण को पुराना और बेकार घोषित किया जा सकता है।

वस्तुएँ तेजी से बदल रही हैं, घर-मोहल्ले बदल रहे हैं। यह हमारा आम अनुभव है, लेकिन क्या हम इस बात को भी महसूस करते हैं कि हम स्वयं कितने बदल रहे हैं, कितने अस्थिर होते जा रहे हैं? मोहल्ले से, गाँव-नगर से नाते टूट रहे हैं तो इन लोगों से भी तो टूट ही रहे हैं, जिन्हें हम घनिष्ठता से जानते थे। अपना कस्बा-नगर अपना नहीं रहा तो इनके लोग अपने कैसे रह सकते हैं। वह देशज संस्कृति बहुत गति से हमसे दूर भाग रही है। नगर-कस्बों को छोड़ें, देश ही कहाँ अपने रहते हैं, न इनकी भाषा, न इनकी संस्कृति, न धर्म-दर्शन। हम तो विसंस्कार के लिए जान-बूझकर तैयारी करते रहते हैं। पश्चिम की भाषा सीखते हैं, लहजा अपनाते हैं, तौर-तरीके सीखते हैं और उसके साथ ये सब बातें भूलने की कोशिश करते हैं, जिनसे एक भारतीय के रूप में हमारी पहचान बनती हो।

वैश्वीकरण की यह माँग है कि बाजार और टेक्नोलॉजी के सामने आनेवाली सारी बाधाएँ हटा ली जाएँ। ये बाधाएँ राष्ट्रीय सीमाएँ और मान्यताएँ हैं। राष्ट्रीयता की भावना है और उसे बनानेवाली संस्कृतियाँ हैं। संस्कृतियों और समस्याओं के पीछे काम करनेवाले धर्म-दर्शन हैं। इन्हें हटाना होगा, क्योंकि बाजार और टेक्नोलॉजी पश्चिम से नियंत्रित होती हैं, इसलिए सारी दुनिया का पश्चिमीकरण आवश्यक है। इसे विश्व, यानी बाजार की साझी संस्कृति माना जाएगा। ऐसे वातावरण में किसे टिकाऊ माना जाए—देश, राष्ट्र और समाज को? परिवार, संस्कृति या धर्म को? यह चुनौती हमारे सामने है। हमें यह स्वीकार है, क्या हम किसी वैकल्पिक व्यवस्था का विकास करने की कोशिश कर रहे हैं? हम राजनैतिक विकल्प की बात नहीं करते, राजनीति तो किसी समाज की सांस्कृतिक सोच की ही उपज होती है। कथित वैश्वीकरण का राजनीति से कोई टकराव नहीं, उसे तो हमारी संस्कृति, हमारे दर्शन व हमारी विश्व दृष्टि से ही आपत्ति है।

(लेखक वरिष्ठ पत्रकार एवं सेवा मिशन के संरक्षक हैं।)

□

हम, अंग्रेज और पश्चिमी सभ्यता

आज जिस व्यवस्था को हम लोकतंत्र का आधार और जिस संसद् को पवित्र मानते हैं, उनके बारे में गांधीजी का मत एकदम अलग था। इन्हें वे विनाश का कारण मानते थे। आश्चर्य की बात है साठ साल बाद आज देश के बहुत से शुभचिंतक भी इसी नतीजे पर पहुँचे हैं कि हमारी यह व्यवस्था ही हमारी सभी समस्याओं का स्रोत है। ऐसे में गांधीजी के विचारों को फिर पढ़ने और समझने का प्रयास आगे का मार्ग प्रशस्त करने में सहायक होगा।

हिंद स्वराज पुस्तिका में गांधीजी पाठक के साथ वार्त्तालाप की शैली में इन गंभीर बातों को समझाते हैं। यहाँ स्वराज की आवश्यकता पश्चिमी सभ्यता और अंग्रेजों के अधिकार जैसे विषयों पर ही उन विचारों के कुछ अंश दे रहे हैं।

पाठक पूछता है, मैं स्वराज के बारे में आपका मत जानना चाहता हूँ।

गांधीजी का उत्तर है—आप और मैं, सभी भारतीय स्वराज पाने के लिए आतुर दिखाई देते हैं, लेकिन हमने अभी भी तय नहीं किया है कि वह है क्या? अंग्रेजों को निकालना है, यह तो बहुत से लोग कहते हैं, लेकिन ऐसा नहीं लगता कि बहुतों ने इस बात पर विचार किया है कि ऐसा हमें क्यों करना चाहिए।

अगर हमें सबकुछ मिल जाए और अंग्रेज हमारा शोषण करना बंद कर दें तो क्या अंग्रेजों को निकालना आवश्यक है? या अगर अंग्रेज

शासन से हट जाते हैं तो? अगर वे हमें स्वशासन देते हैं तो?

पाठक—अगर वे सरकार से हट जाते हैं तो हमें सरकार चलाने में कोई आपत्ति नहीं होनी चाहिए। हमें जो शिक्षा मिली है और स्पेंसर मिल जैसे लेखकों का कोई महत्त्व है और अगर हम मानते हैं कि ब्रिटिश संसद् संसदों की जननी है तो हमें अंग्रेजों का अनुकरण करना चाहिए, ताकि जैसे वे अपने देश पर किसी का अधिकार नहीं होने देते, हम भी अपने देश पर किसी का आधिपत्य न होने दें। जो कुछ उन्होंने अपने देश में किया है, किसी और देश में नहीं हुआ है। इसलिए यह उचित है कि हम उनकी संस्थाओं को अपना लें, लेकिन ऐसा लगता है कि आपकी दृष्टि में इंग्लैंड की व्यवस्था वांछित नहीं है।

गांधीजी—जिसे आप संसदों की माँ कहते हैं, वह एक बाँझ औरत और वेश्या है। ये दोनों शब्द कटु हैं, लेकिन इस संदर्भ में उपयुक्त हैं। आज तक संसद् ने कोई अच्छा काम अपने बूते नहीं किया है। बाहरी दबाव के बिना वह कुछ भी नहीं कर सकती। यह एक वेश्या है, क्योंकि यह प्रधानमंत्रियों के अधिकार में ही चलती है, जो बदलते रहते हैं। आज एक अधिकार में है तो कल किसी और के अधिकार में आएगी।

पाठक—यह तो आप व्यंग्य में कह रहे हैं। संसद् को जनता चुनती है और जनता के ही दबाव में उसे काम करना होता है। यही उसकी विशेषता है। आप उसे बाँझ कैसे कह सकते हैं?

गांधीजी—इसे कुछ विस्तार से समझने का प्रयास करते हैं। माना जाता है कि लोग सबसे अच्छे व्यक्तियों को चुनकर भेजते हैं। वे वेतन के लिए नहीं चुने जाते। इसलिए उनका एकमात्र उद्देश्य जनसेवा ही होता है। ऐसे लोगों से आमतौर पर गलतियाँ करने की आशंका नहीं होती। ऐसी संसद् को बिना किसी बाहरी दबाव, प्रार्थनाओं और आंदोलनों के बिना अवरोध के काम करना चाहिए, लेकिन अब यह आम बात है कि सांसद पाखंडी व स्वार्थी होते हैं और अपने ही छोटे-छोटे हितों के लिए काम करते हैं। केवल डर ही प्रेरक तत्त्व होता है। जो काम आज हुआ हो, उसे कल रद्द किया जा सकता है। उसके कामों में कोई स्थायित्व नहीं होता। कार्लाइल ने इसे विश्व के

गप्पबाजों की चौपाल कहा है। सांसद बिना सोचे अपनी ही पार्टी को अपना वोट देते हैं। कथित अनुशासन के कारण वे बंधुआ होते हैं।

पाठक—आपने मुझे सोचने पर मजबूर किया है, लेकिन आप वेश्या शब्द की भी व्याख्या करेंगे?

गांधीजी—संसद् प्रधानमंत्री के इशारे पर चलती है, लेकिन प्रधानमंत्री का उद्देश्य हर समय संसद् का हित नहीं होता, उसके मन में यह बात सर्वोपरि नहीं होती कि संसद् सही काम करे। वे अपनी पार्टी के हित में ही काम करवाते हैं। फिर सरकारें बदलती रहती हैं और उसके साथ संसद् की प्राथमिकताएँ भी।

पाठक—आप तो आधुनिक सभ्यता के ही विरुद्ध हैं।

गांधीजी—सभ्यता है क्या? माना जाता है कि आधुनिक सभ्यता का उद्देश्य मानव की शारीरिक सुविधाओं को विकसित करना है। आज यूरोप के लोग कपड़े पहनते हैं, जबकि कुछ सदी पहले वे जानवरों की खाल ओढ़ते थे। पहले तीर-कमान से लड़ते थे, आज पाँच या छह गोलियोंवाले रिवाल्वरों का उपयोग करते हैं। इसे सभ्यता का विकास कहा जाता है। अगर आज भी किसी देश में लोग कम कपड़े पहनते हैं या बूट नहीं पहनते तो उन्हें असभ्य और जाहिल कहा जाता है, लेकिन इस सभ्यता में नैतिकता और धर्म का कोई स्थान नहीं है। इसके प्रवक्ता कहते हैं कि धर्म का प्रचार उसका काम नहीं। कुछ धर्म को अंधविश्वास मानते हैं। कुछ लोग धर्म का चोला तो पहनते हैं और नैतिकता के बारे में बोलते रहते हैं, लेकिन बीस साल का मेरा अनुभव यही बताता है कि नैतिकता की आड़ में अकसर अनैतिकता का ही प्रचार होता है।

यह सभ्यता अधर्म है। इसे माननेवालों पर इसकी जकड़ इतनी मजबूत हो गई है कि वे अर्धविक्षिप्त से लगते हैं। महिलाएँ जिन्हें घर की रानी होना चाहिए, अब सड़कों पर घूमती रहती हैं या थोड़ी सी मजदूरी के लिए कारखानों में खटती रहती हैं। इसमें अंग्रेज कौम को दोष नहीं देना चाहिए। वे इसमें फँस गए हैं, लेकिन अंग्रेज चतुर लोग हैं और मुझे उम्मीद है कि वे

इसके चंगुल से निकलने का प्रयास करेंगे।

पाठक—पश्चिमी सभ्यता के बारे में इतना कहने के बाद क्या मैं पूछ सकता हूँ कि अंग्रेजों ने भारत पर अधिकार कैसे किया और वे अब भी यहाँ कैसे टिके हुए हैं ?

गांधीजी—उन्होंने अधिकार नहीं किया, हमने उन्हें देश सौंप दिया। वे पहले व्यापार करने आए थे। कंपनी बहादुर उन्हें किसने बनाया? आने के समय यहाँ कोई साम्राज्य बनाने की कल्पना उन्होंने की ही नहीं थी। कंपनी के अफसरों को सम्मान देकर अनेक सुविधाएँ किसने दीं ? कुछ पैसा कमाने के लोभ में हमने ही उनके अधिकारियों की सहायता की। अगर मैं भाँग खाता हूँ तो इसमें बेचनेवाले का दोष है कि खानेवाले का। दूसरे को दोषी बताने से नशे की लत तो जाएगी नहीं। जब तक यह है एक व्यापारी गया तो दूसरा आएगा उसका स्थान लेने। अंग्रेज कहते हैं कि वे तलवार के बल पर भारत पर शासन करते हैं। यह बकवास है। तलवार भारत को गुलाम रखने के लिए बेकार है। अंग्रेज मूल रूप से व्यापारी हैं। वे अपने आर्थिक हितों के लिए ही कहीं जाते या टिकते हैं। राष्ट्रपति ट्रूंगर से किसी ने पूछा कि क्या चाँद पर सोना है तो उन्होंने उत्तर दिया कि मेरे विचार से तो नहीं है, क्योंकि अगर होता तो अंग्रेजों ने चाँद पर कब का उपनिवेश बना लिया होता। अंग्रेजों को हम अपने स्वार्थों की पूर्ति के लिए ही यहाँ रखे हुए हैं। हमें उनके सामान की चाह है और हम उनके सूक्ष्म तौर-तरीकों को नहीं समझ पाते। एक और कारण है कि हम लगातार आपस में लड़ते रहते हैं, जिससे उन्हें हमें नियंत्रित करने का मौका मिलता रहा है।

□

पर्यटन उत्तराखंड का केंद्रीय कर्म है

उत्तराखंड में पर्यटन एक महत्त्वपूर्ण उद्योग है। इसमें तीर्थाटन को भी शामिल किया जाए तो शायद राज्य का और कोई उद्योग इसकी बराबरी नहीं कर सकता। लेकिन अगर इस केंद्रीय उद्योग का विकास करना है तो कुछ महत्त्वपूर्ण बातों पर ध्यान देना आवश्यक है। हर प्राचीन नगर और राज्य का एक केंद्रीय कर्म होता है, जिसके चारों ओर अन्य सारी गतिविधियाँ चलती रहती हैं। अगर हम इस केंद्रीय कर्म पर ही विशेष ध्यान दें तो अनेक दूसरे काम स्वत: गतिशील हो जाते हैं। उत्तराखंड के लिए यह केंद्रीय उद्योग कर्म पर्यटन और तीर्थाटन ही है। पहली बात जो आयोजकों और प्रशासन को समझनी होगी कि पर्यटक उत्तराखंड इसलिए आता है कि वह अपने मैदानी परिवेश से कुछ समय के लिए हटकर मित्र वातावरण में जाना चाहता है। उत्तराखंड के बारे में वह मित्रता पत्थर और नंगी चट्टानें नहीं, हरे-भरे वन-उपवन हैं, पानी के सरोवर और नदियाँ हैं, फूलों की घाटियाँ और बर्फीले शिखर हैं। अगर नदियाँ सूख रही हों, झीलें प्रदूषण से विषाक्त और मैली हो रही हों, जंगल गायब होते जा रहे हों और हिमनदियाँ पीछे खिसक रही हों तो सैलानी हजारों रुपए व्यय करके श्रम और समय का अपव्यय करने पहाड़ क्यों आएगा? स्पष्ट है कि पर्यटन का पर्यावरण के साथ गहरा संबंध है। अगर हम प्राकृतिक संपदा को सँभालना सीख जाएँगे तो सैलानी को आकर्षित करना आसान है, अन्यथा हमारे लाख प्रयासों और बहुविधि प्रचार अभियानों के बावजूद सैलानी कहीं और आनंद के क्षण बिताने जाएगा।

लोग यह तर्क देते हैं कि वन-संपदा एक औद्योगिक संसाधन है, जिसका उपयोग विभिन्न प्रकार के उद्योगों और कथित विकास कार्यों के लिए किया जाना चाहिए। यह भी तर्क दिया जाता है देश या दुनिया के पर्यावरण की सुरक्षा का उत्तरदायित्व केवल पहाड़ी या जांगल प्रदेशों ही के माथे पर क्यों डाला जाता है। पर्यावरण की सुरक्षा के नाम पर इन राज्यों के विकास को अवरुद्ध किया जा रहा है। वे भूल जाते हैं कि पर्यावरण, यानी जल और जंगल की उपेक्षा का सबसे पहला और सबसे बुरा प्रभाव पहाड़ी राज्यों को ही भुगतना पड़ेगा। अगर झीलें और नदियाँ सूख जाएँ, पहाड़ निर्वन हो जाएँ तो पर्यटन के स्रोत भी सूख जाएँगे, पेयजल के अभाव और तीर्थ-पुरियों की दुर्दशा तो अलग से होना तय है। इसलिए अपने हित में ही उत्तराखंड को ऐसी बहुआयामी नीति अपनानी होगी, जिसमें हरियाली और जल भंडारों के प्रति देश-विदेश के सैलानियों और तीर्थयात्रियों का आकर्षण बना रहे।

जब हम दावा करते हैं कि पर्यटन और तीर्थाटन उत्तराखंड का केंद्रीय कर्म है तो इसका तात्पर्य यह भी होता है कि इनको केंद्र मानकर अन्य महत्त्वपूर्ण कामों में भी सुधार आ जाएगा। पर्यटक सुविधाजनक यात्रा चाहता है, उसे परिवहन चाहिए। सड़क या रेल यातायात का विकास पर्वतीय क्षेत्रों में इसलिए भी कम गति से होता है, क्योंकि प्राय: प्रशासन अर्थाभाव की दलील देता है। पहाड़ी क्षेत्रों में सड़क निर्माण ही नहीं, वाहन चालन भी तुलनात्मक दृष्टि से महँगा होता है। इसके लिए पर्याप्त सवारियों के अभाव की भी समस्या बताई जाती है, लेकिन अगर हम उत्तराखंड के मानचित्र पर दृष्टि डालें तो हमें मालूम होगा कि कोई भी जिला ऐसा नहीं, जहाँ कई पर्यटन स्थल और तीर्थस्थान न हों। प्रश्न इनके समुचित विकास और देश-विदेश के पर्यटकों को उनका परिचय देने का है। सभी पर्यटन और तीर्थ बिंदुओं को हम जोड़ पाएँ और उनके प्रति लोगों में जिज्ञासा पैदा करें तो कोई कारण नहीं कि थोड़े से तीर्थस्थलों और पर्यटन केंद्रों पर ही पारंपरिक सैलानियों और तीर्थयात्रियों की भीड़ जुटे और शेष सैकड़ों स्थल मेहमानों की बाट जोहते रहें।

आज उत्तराखंड में आनेवाले यात्री लगभग उन्हीं स्थानों के होते हैं,

जिनसे दस साल पहले आते थे। संख्या में कुछ वृद्धि अवश्य हुई है, लेकिन पर्यटन और पर्यटक के स्तर में नहीं। यदि अध्ययन किया जाए तो पता चलेगा कि पिछले दशक में उत्तराखंड में बहुत थोड़े सुंदर स्थलों को पर्यटन की दृष्टि से विकसित किया गया। जिनको किया गया, उनके बारे में संभावित पर्यटकों को जानकारी नहीं। पर्यटन एक बहुआयामी उद्योग है, इसके आयोजन के लिए भी बहुआयामी दृष्टिकोण और समरनीति का होना आवश्यक है। पश्चिम में 'लेजर इंडस्ट्री' बहुत बड़ा उद्योग है। लेजर, यानी फुर्सत। मनुष्य फुर्सत के क्षण कैसे बिताए, इसी की योजना एक विराट् उद्योग है। लोग सुंदर वन, पहाड़, हिम, जलप्रपात और घाटियाँ देखने तो जाते ही हैं, वे धार्मिक आस्था के कारण भी जाते हैं, वे जोखिम भरे कामों के लिए जाते हैं या स्वास्थ्य लाभ के लिए भी जाते हैं। कुछ लोग वैज्ञानिक शोध के लिए जाते हैं तो कुछ विविध प्रकार के खान-पान के शौक में निकलते हैं। प्राय: लाखों लोग दुनिया में व्यापार, सैर और तीर्थाटन का मिला-जुला कार्यक्रम बनाकर चलते हैं। उत्तराखंड के पास इन सब वर्गों के लिए कुछ है, अगर हम ऐसी वृहत् और विवेक पूर्ण योजना बना सकें।

पर्यटक केवल बहुत धनवान व्यक्ति नहीं होता, जिसके पास करोड़ों फूँकने को हैं। वह भी होता है, जो नौकरी से एक-दो साल में इतना बचाता है कि परिवार को एक बार घुमा लाए। इन्हें बजट सैलानी कहते हैं। ऐसे सैलानियों की संख्या संपन्न सैलानियों की तुलना में कई गुना होती है। इसलिए कोई भी देश या राज्य ऐसे पर्यटकों को अनदेखा नहीं कर सकता। इस वर्ग के लिए ठहरने की व्यवस्था का सर्वथा अभाव होता है। रिहायशी होटल गंदे, असुविधाजनक और असुरक्षित होते हैं। फिर बढ़िया होटलों के दाम या महँगे गेस्ट हाउस। शायद ही नियम-कायदे का पालन होता हो। नतीजा यह होता कि बजट सैलानी पिटी-पिटाई लीक से हटकर कहीं जाने का साहस ही नहीं करता और कुछ चुने हुए स्थलों पर ही खो जाता है। हर पर्यटक एक खरीदार भी होता है। वह कुछ-न-कुछ अपने लिए या दोस्तों के लिए खरीदकर ले जाता है, लेकिन दिल्ली, अहमदाबाद या कोलकाता से आनेवाले

यात्री को इन पर्यटन स्थलों से वही सामान, जो उनके नगर के अपने बाजार में कम दाम में मिलता है तो वह क्यों खरीदे? प्राय: बच्चों को रिझानेवाली छोटी-मोटी चीजें या प्रसाद के रूप में माला आदि खरीदकर निकल जाता है, लेकिन अगर पर्यटक को यह जानकारी हो कि उत्तराखंड के विशिष्ट हस्तशिल्प, शॉल, कालीन और दूसरी वस्तुएँ वाजिब दाम पर मिल जाती हैं तो वह पहले से खरीदने का मन बनाकर आएगा जैसा कि कश्मीर जानेवाला हर पर्यटक लगभग उतने का सामान खरीदता है, जितना वह खाने-पीने पर खर्च करता है, क्योंकि कश्मीरी माल वहाँ उपलब्ध है। पर्यटक, कला एवं हस्तशिल्प का गहरा रिश्ता है।

दरअसल पर्यटक का संबंध लोगों से है, लोग जो थोड़े समय के लिए आते और निकल जाते हैं, उन्हें तात्कालिक सुख की तलाश होती है। यह नदी की तरह होता है, जो लगातार बहकर आगे निकल जाती है। इसलिए इसका आयोजन और नियंत्रण भी कठिन होता है। अनियंत्रित पर्यटन न केवल जनजीवन के लिए खतरा पैदा कर सकता है, अपितु स्वयं पर्यटन उद्योग के लिए भी घातक सिद्ध हो सकता है। उत्तराखंड के पर्यटन को वहाँ की संस्कृति का प्रतिबिंब बनाया जा सकता है, किसी मीना बाजार का पर्याय नहीं।

□

सुशासन चाहते हैं तो अपने ही तौर-तरीके विकसित करें

जब राष्ट्र के हर उस नागरिक को न्याय मिले, जो समाज के सबसे निचले स्तर पर हो, जब हर व्यक्ति तक आर्थिक विकास, सामाजिक समरसता और भौतिक सुविधाएँ सहज रूप से पहुँच पाएँ, जब हर व्यक्ति के भीतर व्याप्त बौद्धिक, कलात्मक और भौतिक क्षमताओं को व्यक्त होने और विकसित होने का अवसर मिले, जब सबको अपनी योग्यता, अपनी रुचि, अपने परिवेश और अपनी आयु के अनुरूप काम मिले और जब हर काम कर्ता को जीवन जीने की मूलभूत आवश्यकताओं को पूरा करनेवाला हो, तब सुशासन होता है।

जब विकास केवल प्राकृतिक संपदाओं और मानव शक्ति का शोषण भर न होकर भौतिक आवश्यकताओं और प्राकृतिक संपदा, जल, जंगल, जमीन, हवा, खनिज, सागर, पर्वत की सुरक्षा के बीच संतुलन का एक स्वाभाविक मार्ग बनता है, जब महानगर सर्वग्राही बनकर ऊर्जा, पानी, खेत, ताल, तलैया, जंगल, नदियों और वहाँ रहनेवाले मानव मनुष्य की अस्मिता और कभी-कभी अस्तित्व का भी ह्रास करते हुए अनियंत्रित गति से सुरसा के पेट की तरह लगातार न फैलते हों। कला और हुनर, शिल्प और गाँवों और छोटे-छोटे कस्बों में पनपता और निवास करता हो, केवल महानगरों के बड़े बाजारों में ही नहीं, जब छोटे-बड़े कस्बे, महानगर और गाँवों के बीच विनिमय के केंद्र बनें, जब गाँवों में अधिकतम आवश्यक वस्तुओं का उत्पादन हो, जब गाँव

भी अपने कस्बे को निर्यात कर पाएँ और कस्बा महानगर को, जब केवल मजदूरी के लिए किसान खेत छोड़कर शहर भागकर न आए, जब शिक्षा हर ग्रामीण को मिले और वह उसे व्यावसायिक रूप से अधिक समर्थ बनाए। जब दुनिया के बाजार में भारत की हर वस्तु ब्रांड मानी जाए, भारतीय मूल का होना ही उसकी उत्कृष्टता की पहचान हो तो सुशासन होता।

जब सुशासन होगा तो देश का हर नागरिक उसके विकास में शामिल होगा, उससे व्यक्तिगत रूप से जुड़ा होगा, तब नदियों को बचाने की मुहिम चलाने की आवश्यकता नहीं पड़ेगी, क्योंकि नदियाँ अपने स्वस्थ रूप में ही उस विकास की सहायक होंगी। प्रदूषण पर नियंत्रण हो जाएगा, क्योंकि स्वस्थ और संतुलित विकास प्रदूषण पैदा नहीं करता। हमने आज पश्चिम से एक ऐसी सभ्यता को अपना लिया है, जो मूल रूप से कूड़ा और प्रदूषण पैदा करती है। अमरीका का यह कतरा बनाने वाला तंत्र तो हमारे यहाँ बहुत पहले आ चुका है और हमारी व्यवस्था में उसकी गहरी पैठ है, लेकिन अगर हम सुशासन चाहते हैं तो हमें अपने ही तौर-तरीके विकसित करने होंगे, अपने ही प्रबंधन की शैली विकसित करनी होगी। हम कभी यूरोपीय कार्यशैली की बात करते थे, फिर कुछ समय तक सोवियत प्रबंधन के मुरीद हो गए और अब अमेरीकी प्रबंधन ही हमारे लिए सबसे आदर्श प्रबंधन कला है। जापान और अब चीन भी बहुत हद तक अपनी ही राह पर चल पड़े हैं, लेकिन कभी किसी ने सोचा है कि कोई भारतीय प्रबंधन शैली भी हो सकती है?

सुशासन मोदीजी का नारा है। स्पष्ट है कि जो परंपरा हमने अपने शासकों से विरासत में ले ली और जब से हम कभी इस ध्रुव की ओर भाग रहे हैं तो कभी उस ध्रुव की ओर, तो उसे रातोरात तो बदला नहीं जा सकता है। मोदीजी ने लोगों से कहा है कि मुझे केवल साठ महीने देकर तो देखो, लेकिन पाँच साल भी इतनी गहरी रूढ़ियों को उखाड़ने और नई परंपराओं की जड़ें जमाने के लिए पर्याप्त नहीं, लेकिन इस बीच एक दिशा तो तय की ही जा सकती है। आगे जाने का मार्ग तो पहचाना जा सकता है। अवरोधों को चिह्नित तो किया ही जा सकता है। गंगा के प्रति समर्पण भाव और उसके लिए कुछ करने

की व्रत यात्रा का एक शुभ मुहूर्त है। गंगा की सफाई करते-करते शायद उन्हें इससे जुड़े कई और सवालों से सामना होगा, तब उन्हें चिंतन करना होगा और महसूस तो करना ही होगा कि जिस मार्ग को उन्होंने चुना है, वह बहुत लंबा तो है। चुनौतियों से भरा भी है। उन चुनौतियों से घबराकर कदम रोकना या दिशा बदलना पाप होगा। हमें आशा है कि उस पाप के भागी नहीं बनेंगे। □

स्वच्छता अभियान का श्रीगणेश हम खुद से करें

स्वच्छ भारत की बात सार्वजनिक रूप से पहली बार प्रधानमंत्री ने बनारस में कही, जब वे चुनकर आए थे। तभी उन्होंने सुझाव दिया था कि क्यों न हम अगले कुछ वर्षों में देश को पूरी तरह स्वच्छ बनाकर महात्मा गांधी को सच्ची श्रद्धांजलि दें। अब यह उनकी नीति का एक आवश्यक भाग बन गया है, लेकिन क्या हम ऐसा कर सकते हैं? आसान काम नहीं है, क्योंकि हम स्वच्छता को संस्कृति, धर्म और कुशलता के साथ जोड़ना भूल गए हैं। नतीजा यह होता है कि जितना हम अपने आपको सभ्य मानते हैं, जितने बड़े और आलीशान नगरों में रहते हैं, जितने तीर्थों की यात्रा करते हैं, उतनी ही गंदगी भी फैलाते हैं। यह सुनने में अजीब लगता है, लेकिन है सच कि आधुनिक सभ्यता मूलतः कूड़ा बनानेवाली सभ्यता ही है। कूड़ा-कचरा उसका अनिवार्य अंग है। यह बात केवल भारत पर ही लागू नहीं होती, स्वयं पश्चिम पर भी होती है। पिछली सदी के आरंभिक चरण में यूरोप के कुछ देशों में पुराने संस्कार अभी इतने दृढ़ थे कि गली-कूचों में, नालियों या आँगनों में बहुत ही कम कचरा दिखाई देता था। उनके घरों में ही कम-से-कम रद्दी पैदा होती थी। घर बैठे सामान मँगाने का जमाना आ गया हो तो हर घर में, हर दिन कूड़े की एक ढेरी तो बन ही जाएगी, जिसमें से कुछ तो गलियों और सड़कों पर बिखर जाएगी और कुछ नगरपालिकाओं के मत्थे मढ़ दी जाएगी और अब नगरपालिकाओं की मुख्य समस्या यह बन

गई है कि कूड़े का क्या करें।

सबसे अधिक कूड़ा प्लास्टिक का होता है। प्लास्टिक को मानव ने इसलिए विकसित किया था कि वह कागज की जगह लेगी और कागज बनाने के लिए जंगल नहीं काटने पड़ेंगे। फिर इसके और उपयोग भी दिखाई दिए। कागज की तुलना में इसकी मजबूती के कारण इससे बोतलें बनने लगीं और रसोई के बरतनों के साथ ही कई तरह के औद्योगिक उपकरण भी, यानी दो-तीन दशकों में ही प्लास्टिक सबसे उपयोगी पदार्थ बन गया, जिसकी मानव जीवन के हर पहलू में कोई-न-कोई भूमिका हो गई थी, लेकिन तभी इस बात का एहसास होने लगा कि यह तो अविनाशी है। पता तो पहले ही था, लेकिन महसूस अब होने लगा कि इसे आसानी से पानी में गलाया नहीं जा सकता है, अपने आप तो गलती ही नहीं। यूँ ही पड़ी रहती है जमीन में दशकों तक, जलाओ तो भयानक प्रदूषण पैदा करती है। एक ही तरीका है कि पुरानी प्लास्टिक को मशीनों में गलाकर दूसरी वस्तुएँ बना लेना, पुनर्निर्माण करना। जहाँ हर घर और हर कारखाने के कचरे का पुनरुत्पादन करने की व्यवस्था नहीं है, वहाँ तो इस दीर्घजीवी कचरे के अंबार लग ही जाएँगे। हमारे देश में हर नगर में यही अंबार दिखाई देंगे। कचरे की इन पहाड़ियों से मुक्ति की बात अगर प्रधानमंत्रीजी का आशय है तो इसके लिए दशकों की प्रतीक्षा करनी होगी, लेकिन इसका दूसरा पहलू भी है—सांस्कृतिक पहलू।

क्या गंदगी के प्रति हमारी संवेदनहीनता का कारण प्लास्टिक और पश्चिमी सभ्यता का आगमन ही है ? इससे पहले भी तो हम दीवारों को पान की पीक से बदरंग करते रहे हैं। खाने की वस्तुओं को इधर-उधर बिखेरते रहे हैं। हमारे मंदिरों और तीर्थस्थानों के आसपास का कचरा केवल आधुनिकता का परिणाम नहीं है। अपने घर के कचरे को दूसरे के दरवाजे पर डालने की आदत भी नई नहीं है। गाँवों में स्त्रियों के लिए शौच की असुविधा भी बहुत समय से रही है। नगरपालिकाएँ कचरे के अंबारों का कोई उपाय जब तक करती हैं, इससे पहले हमें यह तो मान लेना होगा कि गंदगी अवांछित है, यानी हमें गंदगी के प्रति अपना सांस्कृतिक दृष्टिकोण तय करना होगा। हमें

मानना होगा कि गंदगी पवित्रता के विपरीत है, जहाँ गंदगी हो, वहाँ पवित्रता नहीं हो सकती। तीर्थ अगर पवित्र है तो किसी भी हालत में गंदा नहीं होना चाहिए। तीर्थस्थान का मतलब होता है, जहाँ बहुत से लोग पूजा-अर्चना के लिए थोड़े समय के लिए जुटें। इससे भीड़ होना स्वाभाविक है और जहाँ लोग बड़ी संख्या में आएँगे, वहाँ खाने-पीने की और दूसरी तात्कालिक उपयोग की वस्तुओं की आवश्यकता तो होगी ही। उससे काफी कचरा तो निकलेगा ही। यही हाल पर्यटन स्थलों का भी होता है, लेकिन पर्यटन स्थलों में उतनी गंदगी नहीं होती, जितनी हमारे पवित्र स्थलों पर होती है। वहाँ गंदगी को पर्यटक सहन नहीं करेगा, लेकिन यहाँ तीर्थयात्री क्यों करता है?

यह सच है कि नगर की साफ-सफाई में नगरपालिकाओं और सरकारों का भी योगदान होता है, लेकिन ये संगठन अपना दायित्व तभी ईमानदारी से निभाएँगे, जबकि लोग चाहें, माँग करें। लोग माँग नहीं करते, लेकिन वही लोग जब पर्यटन स्थल पर जाएँगे तो उम्मीद करते हैं कि उन्हें स्वच्छ और सुंदर परिवेश मिले। क्या इसलिए कि गंदगी पैदा करनेवालों में तीर्थयात्री और प्रबंधक स्वयं बड़ा कारक हैं? हमारी ही सांस्कृतिक सोच में स्वच्छता शामिल नहीं है। एक बार हम इसे शामिल करने का साहस करें तो इसका असर हमारे घरों पर भी पड़ेगा, स्वच्छता हमारे आचरण का हिस्सा बन जाएगी।

स्वच्छता केवल नागरिकों के घरेलू कचरे तक ही सीमित नहीं है, इसका संबंध नगरपालिकाओं के स्वरूप और प्रबंधन से भी है, रासायनिक कारखानों के कचरे और विषैले पानी से भी और गाँवों और झोंपड़-पट्टियों में सामान्य सुविधाओं के अभाव से भी, लेकिन अगर हम अपने सार्वजनिक श्रद्धा केंद्रों से शुरुआत करें तो दूसरे संगठनों पर दबाव डालने का हमें अधिकार भी मिलेगा और क्षमता भी। गंगा सफाई से लेकर गाँवों में शौचालय बनवाने के अभियान स्वच्छता के ही आयाम हैं, लेकिन इनकी सफलता सरकार और जनता दोनों के सहयोग पर निर्भर है, अकेले सरकार के कानूनों पर नहीं।

□

मानव संसाधन हैं, लेकिन शिक्षा कहाँ है?

जब शिक्षा बाजार की वस्तु बन जाती है तो वही होता है, जो अब हो रहा है। जब शिक्षा की बात कोई नहीं करता, केवल संसाधनों की ही बात होती है, कैसे शिक्षा को मानव के इस्तेमाल का साधन बनाया जाए। इसलिए न तो शिक्षा अपने आप में कोई उद्देश्य है और न मानव ही। एक बाजार को चलाना है और उसके लिए आदमी के बेहतर उपयोग के तरीकों को ही शिक्षा कहा जाने लगा है, लेकिन अपने शिक्षाविदों और शिक्षा मंत्रियों पर बेईमानी का दोष नहीं थोप सकते, क्योंकि वे कहते ही कहाँ हैं कि वे कोई शिक्षा नीति बनाते हैं। उन्होंने इसे मानव संसाधन नाम दिया है। संसाधनों का वे प्रबंधन करते हैं।

हमारे नए मानव संसाधन मंत्री कपिल सिब्बल ने कुछ क्रांतिकारी सुझाव दिए हैं। उन्होंने यशपाल समिति की सिफरिशों को लागू करने के लिए कई बदलाव लाने की बात की है। यशपाल प्रतिष्ठित वैज्ञानिक हैं और सिब्बल नामी वकील। संस्कृति और मनुष्य के संबंध की समझ उनमें कितनी है, कहना मुश्किल है; लेकिन वे हैं बड़े आदमी। बड़े लोगों ने बड़े-बड़े हल सुझाए हैं और उन छोटी बातों को नजरअंदाज कर दिया है, जिनके कारण भारत में शिक्षा पश्चिम से भिन्न रही है। बात सीधी सी है कि छात्रों को दुनिया की अनेक मंडियों के लिए तैयार करना है। उन्हें इस तरह कुशल बनाना है कि वे बाजार के लायक बन सकें। हमारे कुछ परंपरागत शिक्षाविदों और समाजशास्त्रियों ने आलोचना की है कि इस नई नीति में शिक्षा विस्तार

के नाम पर शहरी बच्चों की आवश्यकताओं को ही ध्यान में रखा गया है। ग्रामीण बच्चों के सरोकारों को नहीं। यह आलोचना बहरे कानों से टकराकर ही लौटनेवाली है। जब बच्चों को मंडियों के लिए ही तैयार करना है तो यह भी समझना चाहिए कि मानव संसाधनों की सबसे बड़ी मंडियाँ पश्चिम ही है या उन देशों में, जिन्होंने पश्चिमी तौर तर्ज अपना लिये हैं। तो साफ है कि अगर तैयारी करनी है तो इस बात का भी ध्यान रखना होगा कि वह तैयारी पश्चिमी बाजार को स्वीकार हो।

अमरीका और कनाडा में कुछ ही भारतीय शिक्षा संस्थानों के प्रमाण–पत्रों को मान्यता दी जाती है। आई.आई.टी. की शिक्षा को सबसे पहले मान्यता मिलने लगी थी, क्योंकि इन संस्थानों की कल्पना ही अमरीकी शिक्षा की तर्ज पर हुई थी। यहाँ का छात्र अमेरीकी बाजार के उपयुक्त माना जाता रहा है। अब कुछ और विश्वविद्यालयों के प्रमाण–पत्र भी मान्य हैं, लेकिन अभी भी बहुत से शिक्षा संस्थानों की शिक्षा पश्चिम में मान्य नहीं है। अधिकतर भारतीय युवकों को पता चलता है कि वे इन देशों में अनपढ़ ही हैं और उन्हें गुजारे के लिए वैसे ही काम करने पड़ते हैं, जिनके लिए उच्च शिक्षा आवश्यक नहीं है। कारण साफ है कि उनकी शिक्षा पश्चिम के मापदंडों पर खरी नहीं उतरती या उन संस्थानों ने अभी अपने आपको उसी साँचे में नहीं ढाला है। यह समझने में कोई कठिनाई नहीं होनी चाहिए कि जिन संस्थानों को पश्चिम मान्यता नहीं देता, उनमें से अधिकतर ग्रामीण या प्रादेशिक संस्थान ही हैं। इनकी पश्चिम को आवश्यकता नहीं है। हमारे शिक्षामंत्रियों की लगातार कोशिश रही है कि वे पश्चिमी बाजार की माँग को पूरा करें। ऐसे में अगर सारा जोर शहरी बच्चों को ही माध्यमिक स्तर से ही सही साँचे में ढालने पर है तो यह तर्कसंगत बात है। शहरी परिवारों के बच्चों में विदेश जाने और वहाँ बसने की जो होड़ लगी हुई है, उसमें वे पहले से ही मानसिक रूप से और बहुत हद तक बौद्धिक तौर पर भी तैयार हो चुके होते हैं। कपिल सिब्बल को केवल अपना जाल कुछ और दूर तक फैलाना होगा, ताकि अधिक बच्चे उसमें आ जाएँ। गाँव या कस्बों के जो बच्चे संयोग से इसमें आ जाते हैं, आ

जाएँ, लेकिन इसके लिए किसी विशेष प्रयत्न की आवश्यकता नहीं। यह भी कहा गया है कि इससे शिक्षा चंद उद्योगपतियों के हाथों में चली जाएगी और संभ्रांत वर्गों तक ही सीमित रहेगी। अगर वह बाजार को ध्यान में रखकर ही विकसित की जा रही है तो फिर वह जाएगी, उन्हीं के हाथों में, जिनके पास उस व्यापार से लाभ कमाने की औकात है यानी पैसा है।

पिछले दशकों से सरकारें प्राथमिक शिक्षा के मामले में धन की कमी का रोना रोती रही हैं। अगर सरकार के पास इस महँगी प्रणाली को चलाने के लिए धन नहीं है तो उन लोगों का आगे आना स्वाभाविक है, जिनके पास धन है। जिस अर्थव्यवस्था और दर्शन को हमने अपना लिया है, उसमें इस संसाधन के विकास के निजीकरण में हर्ज ही क्या है? इस तरह की शिक्षा प्रणाली के पक्ष में तर्क बहुत स्पष्ट है। हमने जान-बूझकर एक ऐसा आर्थिक दर्शन अपना लिया है, जिसमें पूँजी का असाधारण महत्त्व है, जिसमें बाजार ही सब बातों को नियंत्रित करता है। वही तय करता है कि हम किस तरह की अर्थव्यवस्था अपनाएँ और कौन से सामाजिक और सांस्कृतिक मूल्य रखें या त्याग दें। बाजार की विशेषता यह है कि जहाँ बाजार हर बात को नियंत्रित करने का प्रयास करता है, वहीं बाजार नहीं चाहता कि उसे कोई शक्ति या संस्था नियंत्रित करे। यह एकतरफा ही होती है। दरअसल मुद्रा बाजार पूँजी का ही खेल होता है तो फिर यह शिकायत कैसी कि इस पर पूँजीपतियों का ही अधिकार हो जाएगा। आज जब हम बीसियों निजी विश्वविद्यालय देश में पनपते देख रहे हैं तो यह हमारी व्यवस्था का स्वाभाविक परिणाम है।

मानव संसाधन जब अर्थव्यवस्था का अंग है तो जो कुछ मानव संसाधन मंत्री कर रहे हैं, वह स्वाभाविक ही है। आपत्ति अगर कोई है तो यह कि वे इसे शिक्षा नीति कह रहे हैं, जबकि इसका शिक्षा से कोई लेना-देना नहीं है। हमें मान लेना होगा कि सांस्कृतिक स्तर पर जिसे हम शिक्षा मानते रहे हैं, उसे सरकारों ने त्याग दिया है। मध्य में कुछ समय तक राजाओं ने उसका उत्तरदायित्व लिया था। फिर अंग्रेजों ने उसे छीन लिया, जिसे स्वतंत्र भारत की सरकार ने उत्तराधिकार के रूप में ग्रहण किया। कुछ ही वर्षों में उसने यह

महसूस किया कि वह इस महती कार्य को वहन नहीं कर सकती और उसने उसके बदले बाजार के सामने हथियार डाल दिए और अब शिक्षा के बदले बाजार के अनुरूप कौशल विकसित करने को ही शिक्षा बताकर मानव संसाधन कर दिया गया। सांस्कृतिक चेतना जगाने, नैतिक और सामाजिक दायित्व को विकसित करने, यानी मनुष्य का सर्वांगीण विकास से कोई सरोकार नहीं। उन्हें अगर जीवित रखना है तो समाज को ही आगे आना चाहिए। बाजार को जो चाहिए, जो आवश्यक है, उसका विकास वह स्वयं अपने अधिकार क्षेत्र में ले। मानव संसाधनों के विकास से भिन्न और उससे आगे अपनी शिक्षा नीति समाज बनाए।

□

किताबी शिक्षा ही नहीं, हाथों का हुनर भी चाहिए

प्रधानमंत्री नरेंद्र मोदी दो बातों पर आरंभ से ही बल देते रहे हैं—स्वच्छता अभियान और कौशल विकास। दोनों साधारण बातें हैं, जिनके लिए किसी केंद्रीय नीति की आवश्यकता ही नहीं दिखाई देती। कम-से-कम लाल किले की प्राचीर से घोषणा करने की कोई मजबूरी तो नए बने प्रधानमंत्री को नहीं लगती थी। साधारण इसलिए कि स्वच्छ रहना चाहिए, साफ-सफाई रखनी चाहिए, ये बातें तो हम अपने बड़े-बूढ़ों से अकसर सुनते रहे हैं और प्राथमिकशाला की पुस्तकों में भी पढ़ चुके होते हैं। आगे बढ़ने के लिए हर व्यक्ति को किसी-न-किसी हुनर में कुशल होना चाहिए, यह कौन नहीं जानता? इन सामान्य बातों पर प्रधानमंत्री को यदि एक बार नहीं, बार-बार जोर देना पड़ा तो इसलिए कि हम इन छोटी-छोटी बातों को भूल तो नहीं गए हैं, कभी-कभी रटते रहते हैं, लेकिन जो हमारी आदतों, हमारे व्यवहार और काम का अभिन्न अंग होनी चाहिए, वे बातें केवल रटने के लिए रह गई हैं। गंदगी से प्यार भले ही न हुआ हो, लेकिन अपने घर से बाहर हर सड़क, बाजार, दुकान, दफ्तर, हर पार्क, मंदिर हमें कूड़ाघर ही लगता है। जहाँ तक हुनर की बात है, इससे मुँह हमने अचानक तो नहीं मोड़ा, लेकिन हमारी शिक्षा व्यवस्था के आडंबर में कौशल कब का डूब सा गया है। कुछ तो यह आधुनिक सभ्यता की देन है तो कुछ हम अंधी गलियों में घुसकर दौड़ लगाने में लग गए हैं। बीसवीं शताब्दी के आरंभ

में अमरीका में उद्योग का तेजी से विकास हुआ और नई-नई वस्तुएँ बनने लगीं। प्लास्टिक का आविष्कार हो गया तो अमरीका का बाजार भी हमारे बाजारों की तरह कचरे से पटा हुआ दिखने लगा था।

आजादी से पहले हमारे देश में कारीगरों की बड़ी संख्या थी। हर व्यवसाय में कारीगर होते थे, जो पुश्तैनी तौर पर सीखते थे, अपने उद्यम से काम चलाते थे और समाज के लिए उपयोगी कार्य करते थे। घरों में महिलाएँ भी कुछ-न-कुछ बनाती रहती थीं। हमारे कला-कौशल किसी औद्योगिक स्कूल या महाविद्यालय से पैदा नहीं होते थे। लखनऊ की चिकनकारी, पंजाब की फूलकारी, पहाड़ी औरतों के शॉल-दुशाले, उत्तर-पश्चिम के कलात्मक वस्त्र घरों में बनते थे, वही उन कारीगरों के विद्यालय भी थे और कारखाने भी। फिर सार्वजनिक शिक्षा का दौर आया। बताया गया कि हर बच्चे को स्कूल जाना चाहिए। स्कूल में पढ़ना-लिखना तो आया, लेकिन शीघ्र ही पता चला कि इस शिक्षा का उपयोग कार्यालय में चपरासी बनने के अतिरिक्त कुछ भी नहीं। गांधीजी एवं कई और भारतीय नेताओं ने कोशिश अवश्य की कि शिक्षा का स्वरूप कुछ ऐसा हो कि पठन-पाठन के अतिरिक्त बालक कोई हुनर भी सीखे, ताकि वह अपने पारंपरिक कौशल को जीवित भी रखे और अपनी जीविका को चुनने में स्वतंत्र भी हो, लेकिन सरकारें ही नहीं, गांधीजी के अपने साथी भी अंग्रेजी शिक्षा से इतने अभिभूत थे कि शिक्षा को कौशल या हुनर के साथ जोड़ने का यह प्रयास सफल नहीं होने दिया गया।

स्कूली शिक्षा धीरे-धीरे हुनर से दूर होती गई। यह क्रम यहीं पर नहीं रुका, कॉलेज शिक्षा से भी कौशल का नाता कभी नहीं जुड़ा, जिसका परिणाम यह निकला कि हमारे बच्चे, हर प्रकार के कला-कौशल से वंचित होते गए। स्नातक डिग्री का कागज हाथ में थमाकर हमने अपने राजकीय कर्तव्य की इतिश्री मान ली। आज स्थिति ऐसी है कि कथित रूप से शिक्षित होने पर भी हमारे अधिकतर युवक कोई काम, कोई दस्तकारी, किसी प्रकार का हस्त निर्माण अपने बूते नहीं कर सकते और छोटी-मोटी नौकरी पाने के

लिए दर-दर भटकने के अतिरिक्त उनके पास कोई चारा नहीं रह गया है। त्रासदी है कि जो बच्चे स्कूल नहीं जा पाते, वे भी अब अपने पुश्तैनी कौशल से दूर हो जाते हैं।

हम मानते हैं कि देश के करोड़ों लोगों को रोजगार की आवश्यकता है। सरकार चलाने के लिए जितने लोगों की आवश्यकता है, उनकी संख्या रोजगार चाहनेवालों की तुलना में बीस प्रतिशत भी नहीं। शेष तीन चौथाई रोजगार कहाँ से आएगा? बड़े उद्योगों में भी इतने युवकों को नौकरी देने की क्षमता नहीं होती, विशेष रूप से जब आधुनिक तकनीक कम-से-कम लोगों से अधिक-से-अधिक उत्पादन के आधार पर विकसित हुई हैं। इसलिए अगर हम बड़े पैमाने पर औद्योगीकरण का रास्ता भी अपनाएँ तो भी भारी संख्या में युवक बेरोजगार ही रहेंगे।

इस कारण प्रधानमंत्री को कौशल या हुनर के विकास की आवश्यकता पर जोर देना पड़ा। हमारे देश में छोटे और लघु उद्योगों की बहुत संभावना है। इन लघु उद्योगों में बड़े पैमाने पर रोजगार देने की क्षमता होती है, लेकिन उन्हें चलाने के लिए ऐसे हुनरमंद युवकों की आवश्यकता है, जो नई उत्पादन प्रणाली में काम कर सकें और पुश्तैनी उद्योगों में भी नवीकरण कर सकें। जिन वस्तुओं की आवश्यकता समाज को सौ साल पहले थी, उन्हीं की उसी रूप में आज नहीं है। आज के जीवन के लिए उनमें नयापन आना चाहिए, नए उपकरणों का उनमें इस्तेमाल करना होगा।

नई तकनीक छोटे और लघु उद्योगों में आजमाने की आवश्यकता है। साफ है कि आज जो युवक इन उद्योगों में भी काम करेंगे, उनमें इस नवीकरण के अनुकूल कुशलता होनी चाहिए। इसलिए सरकार को कौशल के विकास को अलग से विकसित करने की आवश्यकता महसूस होने लगी है।

महत्त्वपूर्ण है कि जब हम मेक इन इंडिया, यानी भारत में ही अंतरराष्ट्रीय माल बनाने की वकालत करते हैं तो उन उद्योगों को भी कुशल कारीगरों की आवश्यकता होगी, जो दूसरे देशों से अपना सामान हमारे देश में बनाने और दुनिया भर में बेचने की योजनाएँ लेकर यहाँ आएँ। उनके लिए यहाँ पैसा

लगाना ही बेकार होगा, अगर उन्हें हमारे देश में उपयुक्त कारीगर नहीं मिल सके। इसलिए कुशल कारीगरों के विकास का कार्यक्रम देश के औद्योगिक विकास और आर्थिक प्रगति का एक महत्त्वपूर्ण आयाम है। इसका एक लाभ हमारे गाँवों को फिर से आर्थिक स्तर पर आत्मनिर्भर बनाने में भी मिलेगा। ग्रामीण युवकों को नगरों की ओर भागने की मजबूरी नहीं रहेगी, लेकिन इसके लिए केवल औद्योगिक नीति में ही बदलाव की आवश्यकता नहीं है, शिक्षा नीति में भी परिवर्तन की आवश्यकता है। हमारे गाँवों में प्राथमिक शिक्षा में हुनर का तत्त्व फिर से जोड़ा जाना चाहिए, ताकि प्राथमिक स्कूल छोड़ने पर भी बच्चे के हाथों में कोई-न-कोई हुनर रहे और वह अपने बूते पर ही कोई काम आरंभ कर सके।

□□□